あけもどろの空《そら》

ちびっこヨキの沖縄戦《おきなわせん》

高柳杉子

子どもの未来社

あけもどろの空――ちびっこヨキの沖縄戦◎目次

目次

あけもどろの空《そら》

——ちびっこヨキの沖縄戦《おきなわせん》

あたし、ヨキ

おっきい雲《くも》さん。どこ行《い》くの。
あたし、ヨキ。六歳《ろくさい》。
ヨキは、みんなと歌《うた》をうたうのがだいすきだよ。
ドン、ドン、ドン、ドン。ドン、ドン、ドン。
あれは、ヨーチエンの太《たい》鼓《こ》。
「ヨーチエンがはじまるよー。
みんなみんな走《はし》っておいでー。ドンドコドン。」
そういって、太《たい》鼓《こ》が呼《よ》んでるの。

ヨーチエンはもうすぐそこ。村《むら》のまんなか。
あ、もうみんな来《き》てる。
とうちゃーく！　さあ、歌《うた》がはじまるよ！

♪ぼくはグンジンだいすきだ
いまに大《おお》きくなったなら
テッポウかついで　剣《けん》さげて
お馬《うま》に乗《の》ってハイドウドウ

男《おとこ》の子《こ》たちは、この歌《うた》になるととくに声《こえ》をはりあげるよ。
「グンジン」ってなんだろう。子《こ》どもにはわからないむずかしいことかな。

ボークーゴーの歌《うた》

つぎは、ボークーゴーの歌《うた》。ヨキはこの歌《うた》が好《す》き。

♪クーシューケイホウ　聞《き》こえてきたら
いまはぼくたち　ちいさいから
大人《おとな》のいうこと　よくきいて
あわてないで　さわがないで　おちついて
入《はい》っていましょう　ボークーゴー

ボークーゴーって、クーシューのときかくれる穴《あな》のことだって。クーシューって、でっかいアラシみたいなものかな。

日本《にほん》はイクサをしてるんだって。だから、もしかしたら空《そら》からこわいものがふるかもしれないんだって。先生《せんせい》がいってたよ。

雨《あめ》ふりに雨《あま》やどりをするみたいに、クーシューのときはボークーゴーに入《はい》るんだと思《おも》うよ。

うちのそばに、兵隊《へいたい》さんたちが来《き》ていて、まいにちボークーゴーを掘《ほ》ってる。

でもね、空《そら》を見《み》あげても白《しろ》い雲《くも》さんがぽっかりぽっかり

いるだけ。だれに聞《き》いても、日本《にほん》はイクサに勝《か》つっていってる。クーシューはこないだろうって。

ハタラチャー

ここは沖縄《おきなわ》の東風平《こちんだ》。小城《こぐすく》という村《むら》だよ。

ヨキんちは、七人家族《しちにんかぞく》なの。父《とう》ちゃんと母《かあ》ちゃん、名前《なまえ》は、メイセイとナヘだよ。それから、二十歳《はたち》のハル姉《ねえ》ちゃん、十六歳《じゅうろくさい》のヨシモリ兄《にい》ちゃん、六年生《ろくねんせい》のフミ姉《ねえ》ちゃん、四年生《よねんせい》のスミ姉《ねえ》ちゃん。そして末《すえ》っ子《こ》のあたしをいれて七人《しちにん》。

もうひとり、お嫁《よめ》に行《い》ったトミ姉《ねえ》ちゃんも、すぐ近《ちか》くに住《す》んでるよ。

みんなでまいにち畑《はたけ》ではたらいて、みんなでごはんを食《た》べて、みんなで眠《ねむ》る。

「家族《かぞく》はいつもいっしょだ。それがいちばんいいことだ。」

って、父《とう》ちゃんはいつもいってる。

「うちは貧《まず》しいけど、ハタラチャーぞろいだよ。」

って、母《かあ》ちゃんはいつもいってる。

ハタラチャーっていうのは、よくはたらく人《ひと》っていうことだよ。

ヨキんちは、自分《じぶん》たちで食《た》べるものを、自分《じぶん》の畑《はたけ》で作《つく》ってる。だから、畑《はたけ》にはいつもいろんなものが育《そだ》っているの。おいしそうに実《みの》ったものを取《と》ってきて、野菜《やさい》さんありがとうって思《おも》いながら食《た》べる。

ムギ、サトウキビ、イモ、ダイズ、ソラマメ、キャベツ、ニンジン、ダイコン、カボチャ、トウガン、ゴーヤー、ヘチマ。

沖縄《おきなわ》の畑《はたけ》はなんでもよく育《そだ》つんだよ。

野菜《やさい》たちは、真《ま》っさおな空《そら》に向《む》かって、いっしょうけんめい育《そだ》つ。野菜《やさい》たちもハタラチャーなんだよ。

お話《はなし》の時間《じかん》

ヨキは父《とう》ちゃんがだいすきなの。

父ちゃんは、易学《えきがく》っていう学問《がくもん》の学者《がくしゃ》でもある。

「ヨキちゃんの父《とう》ちゃんはおだやかで、ほんとにいい人《ひと》だね。」って近所《きんじょ》の人《ひと》にいわれたよ。

だけど、ヨキの父《とう》ちゃんのいちばんすごいところは、お話《はなし》をいっぱい知《し》っていることなの。

ヨキんちは、夕《ゆう》ごはんを食《た》べたあと「お話《はなし》の時間《じかん》」になる。家族《かぞく》は父《とう》ちゃんのまわりに集《あつ》まるんだよ。

父《とう》ちゃんは、沖縄《おきなわ》におおむかしから伝《つた》わるお話《はなし》を、しずかに、ていねいに、話《はな》してくれるの。

耳《みみ》をすまして聞《き》いているとき、ヨキは心《こころ》がやわらかくなるよ。母《かあ》ちゃんも姉《ねえ》ちゃんたちも兄《にい》ちゃんも、おんなじだと思《おも》う。

ヨキはまいにち「お話《はなし》の時間《じかん》」が待《ま》ちきれなくてね、畑《はたけ》からもどったばかりの父《とう》ちゃんにすがりつくの。

「父《とう》ちゃん、はやくお話《はなし》、いっぱいお話《はなし》。」

「ごはんを食《た》べたら、いっぱいしようね。」

父《とう》ちゃんはにこにこしてヨキをだっこしてくれる。

姉《ねえ》ちゃんたちは「ヨキはフンデー（あまえんぼう）だね。」っていって笑《わら》うけど、いいもん、ヨキはまだちびっこなんだもん。

イクサが来《き》た!

たいへんだよ。イクサが来《き》たの。

ヨキの村《むら》じゃないよ。

ヨキの父《とう》ちゃんは、こないだから、おもい病気《びょうき》で入院《にゅういん》してた。熱《ねつ》が高《たか》くて、足《あし》にすごく痛《いた》いおできができてる。歩《ある》けないから、姉《ねえ》ちゃんたちが、かわりばんこに付《つ》き添《そ》いに行《い》ってたんだ。

えーと、あれは十月十日《じゅうがつとおか》の朝《あさ》のこと。父《とう》ちゃんの付《つ》き添《そ》いは、二十歳《はたち》のハル姉《ねえ》ちゃんだった。

ここからはハル姉《ねえ》ちゃんに聞《き》いた話《はなし》。

さわがしい声《こえ》がして、みんなが病院《びょういん》の屋上《おくじょう》にかけ上《あ》がって行《い》くから、ハル姉《ねえ》ちゃんもいっしょに屋上《おくじょう》に行《い》ったんだって。

そしたら、那覇《なは》の町《まち》が、爆撃《ばくげき》で真《ま》っ赤《か》に焼《や》かれているのが見《み》えたんだって。

「空襲《クーシュー》だ。イクサがやって来《き》た。」

まわりの人々《ひとびと》が口々《くちぐち》にいってる。

「たいへんだ。父《とう》ちゃんを家《いえ》につれて帰《かえ》ろう。」

って、ハル姉《ねえ》ちゃんは考《かんが》えた。

病院《びょういん》は那覇《なは》から二十《にじっ》キロぐらいしかはなれてない。イクサはそのぐらいひとっとびだろう。

「父《とう》ちゃんの病気《びょうき》がなおる前《まえ》にイクサが来《き》ちゃうかもしれない。家《いえ》にいればみんなで父《とう》ちゃんを守《まも》れる。」

歩《ある》けない父《とう》ちゃんをよいしょと背負《せお》って、ハル姉《ねえ》ちゃんは歩《ある》き出《だ》した。

「やるっきゃない。畑仕事《はたけしごと》できたえたからだだもの。」

だけど、ダメだったんだ。病院《びょういん》から家《いえ》までは、すごく遠《とお》い。女《おんな》の力《ちから》ではむりだったんだって。

ハル姉《ねえ》ちゃんはとちゅうで、道《みち》ばたにすわりこんじゃった。まだ半分《はんぶん》も来《き》ていないのに。この先《さき》、川《かわ》を越《こ》えたり坂《さか》をのぼったりしなくちゃいけないのに。

「すまないね。」

って父《とう》ちゃんが涙《なみだ》ぐむ。そのとき、

「どうしたの。」

っていう人《ひと》がいた。知《し》ってるおじさんが通《とお》りかかったんだ。

「ひと汗《あせ》かこうじゃないか。あんたの家《いえ》とは縁続《えんつづ》きなんだ。えんりょはいらないよ。」

おじさんはいっしょに父《とう》ちゃんを運《はこ》んでくれたんだよ。

おいのり

父《とう》ちゃんは、ぶじに帰《かえ》って来《き》たよ。

父《とう》ちゃんをつれてきてくれたおじさんに、母《かあ》ちゃんはいっぱいお礼《れい》をいった。ヨキも、おじさんが帰《かえ》るとき、ありがとうありがとうっていって、手《て》をふった。

だけど、これからどうしよう。

イクサが来《く》るのに、父《とう》ちゃんの病気《びょうき》をなおす薬《くすり》もないの。どうしたらいいか、だぁれもなんにも思《おも》いつかない。

やせ細《ほそ》って、じいっと寝《ね》ている父《とう》ちゃんを見《み》ていたら、ヨキはきゅうに、

「かみさま。」

って、思《おも》ったんだ。そのまま続《つづ》けて、心《こころ》のなかでおいのりした。

かみさま。

ヨキたちの父《とう》ちゃんはいい人《ひと》です。

とってもハタラチャーです。

いつもみんなのためを思《おも》っているやさしい人《ひと》です。

どうか、どうか、父《とう》ちゃんの病気《びょうき》をなおしてください。

のーちきみそーり。のーちきみそーり。（なおしてください。）

シラカワさんがやって来た

そしたらね。そしたら、シラカワさんがやって来たの。

シラカワさんは、日本軍《にほんぐん》の人《ひと》で、となりのうちにいるの。グンイなんだって。グンイってお医者《いしゃ》さんだよ。

日本軍《にほんぐん》は、アメリカと戦《たたか》うためにいるグン

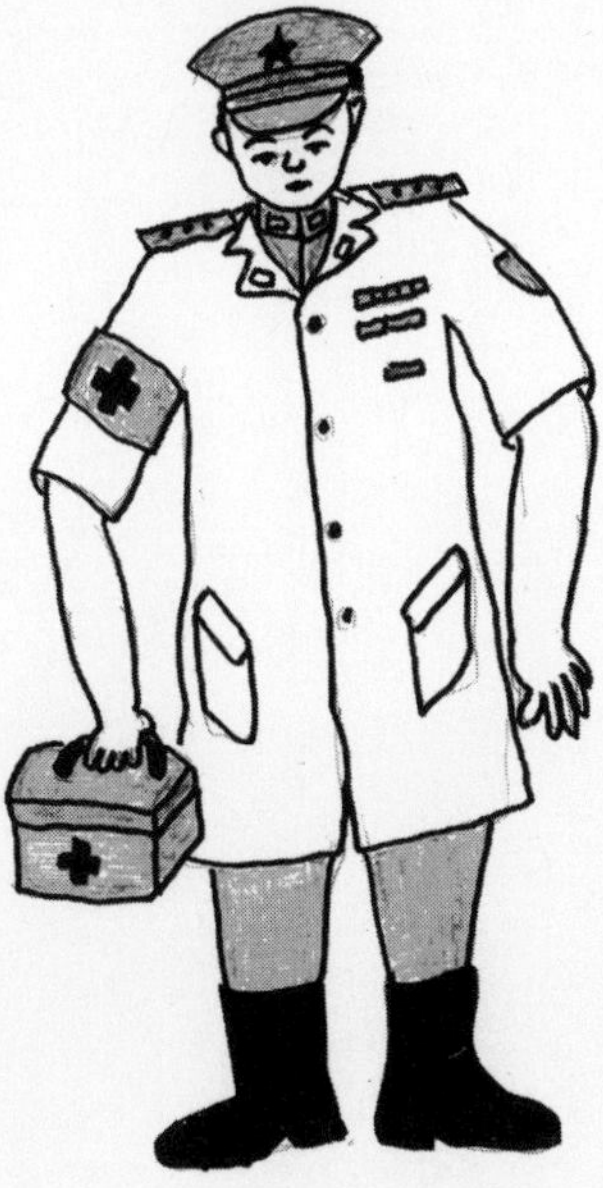

タイなんだって。本土《ほんど》から来《き》た人《ひと》がたくさんいるの。日本軍《にほんぐん》の兵隊《へいたい》さんたちはやさしいよ。ときどきヨキたちとあそんでくれるんだ。

シラカワさんは、父《とう》ちゃんと気《き》が合《あ》うみたいで、前《まえ》からちょくちょくヨキんちに来《き》てくれてた。すらっとして、色白《いろじろ》の人《ひと》。シラカワさんってすてきねって、みんないってるよ。

シラカワさんは、薬《くすり》やホウタイを持《も》って来《き》て、手当《てあ》てをしてくれた。それからパインのカンヅメもだよ。エイヨウをつけないと病気《びょうき》がなおらないんだって。パインのカンヅメなんて、ヨキんちではだあれも見《み》たことがなかったよ。

パインを食《た》べる父《とう》ちゃんを、はなれたところから見《み》ていたら、父《とう》ちゃんがおいでおいでってした。そばにいったら、ヨキにもちょっと分《わ》けてくれたの。

おいしかった。

「うん。これなら、父《とう》ちゃんの病気《びょうき》、なおるよ。」

「そうだね。」

父《とう》ちゃんはにっこりした。

シラカワさんは、それからまいにち来《き》てくれた。足《あし》のおできに薬《くすり》をつけて、ホウタイをとりかえる。それをなんにちも続《つづ》けたら、父《とう》ちゃんは歩《ある》けるようになったの。

「あなたは命《いのち》の恩人《おんじん》です。いっしょう、いっしょう、忘《わす》れません。」

って、母《かあ》ちゃんは涙《なみだ》をうかべていった。ヨキも泣《な》いちゃった。

父《とう》ちゃんの病気《びょうき》がなおって、ヨキがいちばんうれしかったのは、また「お話《はなし》の時間《じかん》」がはじまったこと。

「おお、月《つき》がきれいだよ。夕《ゆう》ごはんは、庭《にわ》で食《た》べようか。」

父《とう》ちゃんは、よいしょっと立《た》ち上《あ》がって、まだ少《すこ》し足《あし》をひきずりながらだけど、庭《にわ》にゴザをしいた。

その夜《よ》は、月明《つきあ》かりでごはんを食《た》べたんだよ。ごはんがすんだら、お話《はなし》をしてくれた。お月《つき》さまやお星《ほし》さまのお話《はなし》だったよ。

ヨキとかみさまのひみつ

軍医《ぐんい》のシラカワさんは、まいにち父《とう》ちゃんのようすを見《み》に来《き》てくれた。ほかの兵隊《へいたい》さんたちも、水《みず》くみやなんかで、ヨキんちに来《き》ていたよ。

母《かあ》ちゃんは、「日本軍《にほんぐん》が国《くに》を守《まも》ってくれるんだもの。」といって、うちのごはんを分《わ》けてあ

げるんだ。兵隊《へいたい》さんたちは穴《あな》を掘《ほ》っていて、いつもはらぺこだったから、すごくよろこぶんだよ。

父《とう》ちゃんのようすを見《み》に来《き》たシラカワさんに、ごはんを出《だ》しておもてなししていたら、たまたま水《みず》をくみに来《き》た兵隊《へいたい》さんがいた。母《かあ》ちゃんが、「いっしょにどうぞ。食《た》べてって。」って呼《よ》んだの。

部屋《へや》にあがった兵隊《へいたい》さんは、「どうぞ。」といっても、「ハッ。」っていうだけで、箸《はし》もつけないのよ。

あとで母《かあ》ちゃんがいってた。

「シラカワさんはすごくえらい人《ひと》なんだね。兵隊《へいたい》さんがシラカワさんにえんりょして箸《はし》もつけないんだから。そんなえらい人《ひと》が父《とう》ちゃんのために来《き》てくれたんだ。」って。

(えへん、ヨキがかみさまにおいのりしたからだよ。)と思《おも》ったけど、いわなかった。ヨキとかみさまのひみつだもん。

シラカワさんたちが行《い》っちゃった

ヨキは、父《とう》ちゃんの病気《びょうき》がなおってうれしかったから、イクサのことを少《すこ》し忘《わす》れていたの。

でも、ハル姉《ねえ》ちゃんが見《み》たイクサは、だんだん近《ちか》づいていたんだよ。

アメリカ軍《ぐん》が沖縄《おきなわ》の近《ちか》くまで来《き》てるんだって。大人《おとな》たちがむずかしい顔《かお》で話《はな》してた。それで、シラカワさんたちは、どこかの島《しま》を守《まも》りに行《い》かなくちゃいけなくなったんだって。

シラカワさんたちの出発《しゅっぱつ》の日《ひ》、村《むら》の人《ひと》たちは集《あつ》まって、おせんべつに、食《た》べ物《もの》や砂《さ》糖《とう》をわたしてる。涙《なみだ》をぬぐってる人《ひと》もいる。

ほんとうに行《い》ってしまうんだ。

シラカワさん、ありがとう。また来《き》てね。どうかごぶじで。

父《とう》ちゃんも母《かあ》ちゃんも泣《な》き顔《がお》だ。ヨキはなんにもいえなかった。

うちの家族《かぞく》は、恩人《おんじん》のシラカワさんたちを村《むら》の外《そと》まで追《お》いかけてった。見《み》えなくなっても、いっしょうけんめい手《て》をふった。

かみさま、もうひとつお願《ねが》いをかなえてください。シラカワさんたちを守《まも》ってあげてくだ

さい。

ボークーゴーにかくれる

ドッカーン。

ドカーン、ドッカーン。

すごい音《おと》がしたの。

イクサだ！　イクサだ！

それぐらいヨキにもわかるよ。村《むら》にもとうとう、イクサが来《き》ちゃったんだ。

「ボークーゴーに入《はい》れ！」

って、みんなさけんで走《はし》ってる。ヨキも走《はし》った。

ボークーゴーにもぐって、バクダンがやむまでじっとしてればいいんだよね。

「大人《おとな》のいうこと　よくきいて、あわてないで　さわがないで　おちついて。」

歌《うた》のとおり、ヨキはいい子《こ》にしていたよ。

バクダンはしばらくしたらやんだ。

ヨキは、ちゃんといい子《こ》にできたよね。でもクーシューは、次《つぎ》の日《ひ》にもまた来《き》たの。

大人《おとな》たちが声《こえ》をおとして話《はな》してた。

「アメリカがカンポーシャゲキをはじめたそうだ。」

「みんなヒナンしろという話《はなし》だ。」

「どこがアンゼンだかわからんじゃないか。」

「畑《はたけ》はどうする。先祖代々守《せんぞだいだいまも》ってきた土地《とち》をほうっていくのか。」

「命《ヌチ》がさきだろう。」

遠《とお》くの親戚《しんせき》を頼《たよ》ってみんなでヒナンする家《いえ》もあるし、家族《かぞく》の半分《はんぶん》ぐらいがヒナンする家《いえ》もある。だけど、すみなれた家《いえ》をはなれない人《ひと》もいっぱいいるよ。

ヨキんちもおなじ。ここをはなれたくない。それに、ヒナンするあてもないんだって。

「死《し》ぬんなら家族《かぞく》いっしょだ。ここにいて、ようすを見《み》よう。」

父《とう》ちゃんのことばを、みんなじいっとかみしめて、うなずいたよ。

まいにちバクダンが来《く》る。だから、ひるまはボークーゴーにかくれてる。畑仕事《はたけしごと》ができなくて、野菜《やさい》たちのことが心配《しんぱい》だけど、いまは野菜《やさい》どころじゃないの。

夜《よる》はバクダンがふらないので、家《いえ》にもどってごはんを食《た》べる。それから七人《しちにん》でよりそって眠《ねむ》るんだよ。

あしたはバクダンが来《き》ませんようにって、ヨキはまいばん、かみさまにお願《ねが》いしてるけど、お願《ねが》いしてばっかりだからかな。かみさまはこのごろ、聞《き》きとどけてくれなくなったの。

ヤギ汁《じる》の夜《よる》

畑仕事《はたけしごと》ができないから、食《た》べるものがなくなっちゃったって、母《かあ》ちゃんがいってる。今日《きょう》の夜《よる》はとうとう、だいじなヤギをつぶして（殺《ころ》して）ヤギ汁《じる》を作《つく》ったの。おいしいんだよ。

あっ、沖縄《おきなわ》ボウエイ隊《たい》の人たちが見回《みまわ》りにきた。

沖縄《おきなわ》ボウエイ隊《たい》っていうのは、日本軍《にほんぐん》とはちがうの。沖縄《おきなわ》の男《おとこ》の人《ひと》で、グンタイに行《い》ってない人《ひと》を集《あつ》めたから、おじいちゃんだったり、子《こ》どもだったりするんだよ。

母《かあ》ちゃんは、だいじなヤギ汁《じる》をボウエイ隊《たい》の人にもよそってあげてる。

「みなさんが守《まも》ってくれるから安心《あんしん》していられるんですよ。えんりょしないで食《た》べてね。」

ボウエイ隊《たい》の人《ひと》はすごくよろこんで食《た》べてる。

あっ、立《た》ちあがった。帰《かえ》るのかな。

「さて、ごちそうさま。」

といったのに続《つづ》けて、おじいちゃん隊員《たいいん》が、ひくい声《こえ》でこういってる。

「敵《てき》に見《み》つかったら逃《に》げちゃいけない。両手《りょうて》をあげて出《で》て行《い》けば撃《う》たれないよ。ミンカン人《じん》の戦争《せんそう》ではないからね。」

ミンカン人《じん》って兵隊《へいたい》さんじゃない人《ひと》のことだよ。ヨキもミンカン人《じん》だね。

両手《りょうて》をあげるのは、コウサンするっていう意味《いみ》だよね。

コウサンしてもいいなんて、おおっぴらには、いっちゃいけないんだよ。

敵《てき》につかまってホリョになるのはすごくいけないことで、敵《てき》を見《み》つけたら兵隊《へいたい》じゃない人《ひと》も戦《たたか》わなくちゃいけないの。だから竹《たけ》ヤリの練習《れんしゅう》をしたんだよ。

ほんとうは、殺《ころ》すのも殺《ころ》されるのもいやだよって、みんな思《おも》っているの。でも、それは、口《くち》に出《だ》していっちゃいけないことみたいなの。

ヨキたちは石《いし》ころです

ドカーン、ドカーン。

さっきからバクダンがすごい。防空頭巾《ぼうくうずきん》をかぶって、ボークーゴーにちぢこまって、ドカーンのたんびにびくんびくんしてる。こわい。すごくこわい。

ヨキんちのボークーゴーはちっちゃいんだ。大《おお》きい穴《あな》は掘《ほ》れないんだ。だってね、男手《おとこで》は、病気《びょうき》あがりの父《とう》ちゃんと、まだ大人《おとな》になってない兄《にい》ちゃんだけなんだもん。

ちっちゃい穴《あな》だから、ぎゅうってちぢまっていないとからだがはみ出《だ》しちゃうんだよ。

ドカーン、ドカーン。

ピューン、ドッカーン！

うわっ。

……ぱらぱらぱら……。

…………………………。

息《いき》が、とまった。からだが、かたまった。

な、なんか、いまの、すごかった。

あとから、ぱらぱらぱらって、土《つち》がふってきた。

動《うご》いちゃいけない。動《うご》けない。

なんにもいわない。ぎゅうってからだをくっつけてる。

ヨキたちみんな、石《いし》ころになった。

ここにはだあれもいません。ここにはだあれもいません。

石《いし》ころです。石《いし》ころです。

……………。

……………。

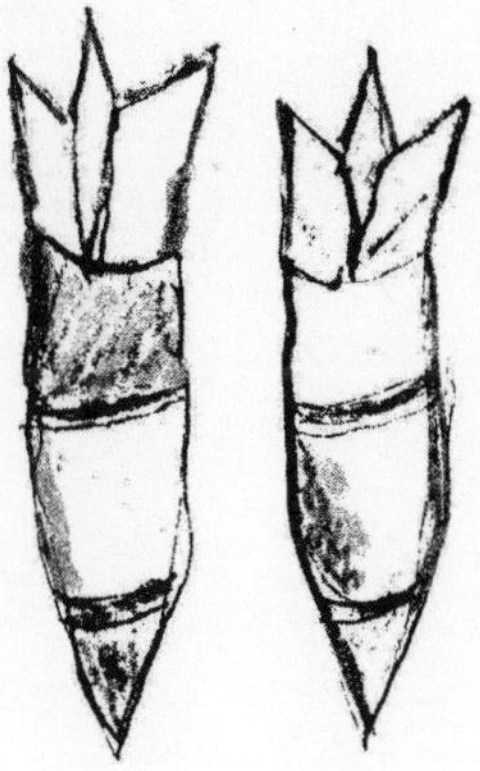

竹《たけ》が消《き》えちゃった

暗《くら》くなった。夜《よる》になったんだ。

バクダンはさっきからやんでいる。

だれかがもぞっと動《うご》いて、もぞもぞっとして、それから、みんなボークーゴーからはい出《だ》した。

うわっ。竹《たけ》がない。

ボークーゴーのまわりには竹《たけ》がいっぱいあったのに、一本《いっぽん》もないよ。

それから、おっきな穴《あな》。

ヨキたちがいたボークーゴーのすぐうしろに、大穴《おおあな》があいてる。

「こんなに近《ちか》くに落《お》ちたんだ。」

「あぶなかった。もうちょっとで……。」

もうちょっとで、ヨキたちは、竹《たけ》みたいにどっかに消《き》えちゃったのかな。

「ここはもうだめだ。あすからはよその家《いえ》のボークーゴーに入《い》れてもらおう。」

「七人《しちにん》も行《い》ったら、めいわくでしょう。」

「だめならガマに行《い》くさ。」

お星《ほし》さま。

ヨキたち、これからまいにち、その日《ひ》にかくれる場所《ばしょ》を見《み》つけなくちゃいけないの。

ガマっていうのはしょうにゅう洞《どう》の地下《ちか》にある洞窟《どうくつ》のこと。しょうにゅう洞《どう》は、がんじょうで、バクダンぐらいじゃびくともしないけど、暗《くら》くて、でこぼこの岩《いわ》がゴツゴツからだに当《あ》たって痛《いた》いんだよ。水《みず》がたまってるところもある。

ガマに一日《いちにち》じゅうかくれるのは、つらいだろうなぁ。

ケガをしたおばさん

ヨキたちはちょっと大《おお》きいボークーゴーを見《み》つけたんだよ。それで、しばらくここにいようってことになったの。

どこかの知《し》らないおばさんもいっしょだった。

まいにちバクダンが降《ふ》ってきて、そのたんびに、

「どうかここに落《お》ちませんように。」

って、みんなでちぢこまってたんだけど、何日《なんにち》か前《まえ》、すごく近《ちか》くに落《お》ちたんだよ。

ドッカーン！

そしたら、入《い》り口近《ぐちちか》くにいたおばさんが、足《あし》に大《おお》ケガしちゃったの。何《なに》か飛《と》んで来《き》たものがぶつかったんだ。

おばさんは、血《ち》だらけの足《あし》をおさえてまるまっちゃった。

助《たす》けてあげたいけど、バクダンが来《く》るから、ヨキたちはみんな、ぎゅうってかたまってた。

バクダンがやんでも、薬《くすり》はないし、ホウタイのかわりになるものもない。痛《いた》い痛《いた》いっていうおばさんに、何《なに》もしてあげられなかった。食《た》べ物《もの》を少《すこ》し食《た》べさせてあげただけだったよ。

おばさんは、だんだん元気《げんき》がなくなった。足《あし》がすごくはれあがった。そして、何日《なんにち》かしたら、おばさんの足《あし》から変《へん》なにおいがしはじめた。

くさったようなにおい。それがどんどんひどくなる。

こわいから、見《み》ないように見《み》ないように、って思《おも》ってたけど、どうしても気《き》になって、ちょっと見《み》ちゃった。

うえっ！

おばさんの足《あし》の傷《きず》に、ウジがいっぱいわいてる！

ウジっていうのはハエの子《こ》ども。ハエはくさったものに卵《たまご》を産《う》むんだよ。おばさんの足《あし》がくさって、そこにハエが卵《たまご》を産《う》んで……。

それでもおばさんはまだ生《い》きてた。

おばさんには悪《わる》いけど、すごく気持《きも》ち悪《わる》い。くさくてくさくてたまんない。だから、もうぜったい見《み》ないって思《おも》っちゃった。

おばさんは、とうとう死《し》んじゃったの。

ヨキたちは、おばさんをおいて、そのボークーゴーを出《で》た。

ごめんね。ごめんね、おばさん。死《し》んだ人《ひと》といっしょにはいられない。死《し》んだらからだがくさってしまうからだよ。

バクダンは降《ふ》り続《つづ》けるし、おばさんを土《つち》に埋《う》めてあげることもできなかったよ。

南《みなみ》へ行《い》くんだって

どんなにひどいアラシだっていつかは通《とお》りすぎるよね。だけどイクサはずうっとずうっと続《つづ》くみたいなの。

村《むら》に日本軍《にほんぐん》の人《ひと》が来《き》て、「南《みなみ》へ逃《に》げろ。」っていった。

南《みなみ》に行《い》けばバクダンは来《こ》ないのかな。だれにもわからない。

でも、ここにいたらいつかバクダンにやられちゃう。ヨキたちは、南《みなみ》に行《い》くことになった。お嫁《よめ》に行《い》ったトミ姉《ねえ》ちゃんは、いっしょに行《い》けない。お嫁《よめ》に行《い》った家《いえ》の人《ひと》たちといっしょにいるんだって。

ヨキたちが出発《しゅっぱつ》するとき、トミ姉《ねえ》ちゃんが見《み》おくりにきた。おわかれは、いつもかくれていたガマの前《まえ》。ひとりひとりトミ姉《ねえ》ちゃんと手《て》を取《と》り合《あ》って、また会《あ》おう、元気《げんき》でねっていった。

「死《し》んじぇならんどぅ。けっして、けっして。」

母《かあ》ちゃんはトミ姉《ねえ》ちゃんを抱《だ》きしめて、死《し》んじゃいけないっていった。

ヨキもみんなも泣《な》いたよ。

おいてかないでー

たすけて。たすけて。
南《みなみ》へ。南《みなみ》へ。
ヨキたちはいま走《はし》ってる。
バクダンが降《ふ》ってる。
ドカーン！
うしろに落《お》ちた！
ドカーン！
前《まえ》に落ちた！
ドカーン！
うわーっ！
きゃーっ！
だれかが「バンザーイ。」って叫《さけ》んでる。

死《し》ぬときはそういうんだって。

人《ひと》がいっぱいたおれてる。

さっきからヨキが、つまずいたり、またいだりしてるのは、たおれて死《し》んでる人《ひと》たちのからだだよ。

「走《はし》れ！　走《はし》れ！」

「こっち、こっち！」

父《とう》ちゃんも母《かあ》ちゃんもどなってる。

ヨキはちびっこだから、そんなに走《はし》れないのに。

おいてかないで。ヨキをおいてかないで。

ガツッ、いたいっ。

ころんじゃった。もう力《ちから》が出《で》ない。もう走《はし》れないよー！

「ヨキー！」

スミ姉《ねえ》ちゃんがかけ戻《もど》ってきた。

ヨキを助《たす》け起《お》こして、ぎゅっと手《て》をつかんでくれた。

スミ姉《ねえ》ちゃんだってまだ子《こ》どもなのに、ヨキを助《たす》けてくれる。父《とう》ちゃんは足《あし》が悪《わる》くてもがんばってるんだ。

ちびっこでも、あまえちゃいけないんだ。

みんなといっしょに行《い》くんだ。

トミ姉《ねえ》ちゃんの声《こえ》

朝《あさ》だ。おはよう、まあるい雲《くも》さんたち。

家《いえ》を出《で》てから三日《みっか》かな、四日《よっか》かな。

きのうの夜《よる》、この森《もり》についたの。

バクダンのなかを走《はし》って走《はし》って、みんな、まだ死《し》んでない。

「ここは真壁《まかべ》の森《もり》だろう。」

「小屋《こや》があるよ。とめてもらえるか頼《たの》んでみよう。」

小屋《こや》にはおばさんがいて、「なんにもないよ。」といってなかに入《い》れてくれた。

みんな、傷《きず》だらけで、ものもいえないほど疲《つか》れてた。

屋根《やね》の下《した》はひさしぶりだよ。窓《まど》から手《て》を出《だ》して、木《き》からしたたる露《つゆ》を少《すこ》し飲《の》んだら、もうなんにもできなくて、みんな、たおれるように眠《ねむ》ったの。

朝《あさ》になって、母《かあ》ちゃんがみんなにいった。

「夜中《よなか》にトミの声《こえ》が聞《き》こえなかったかい。帰《かえ》って来《こ》いって。」

みんな、顔《かお》を見合《みあ》わせた。母《かあ》ちゃんはしんけんな顔《かお》でいう。

「夢《ゆめ》なんかじゃないよ。トミの声《こえ》がこういったの。はっきりいったの。」

——東風平小城《こちんだこぐすく》は安全《あんぜん》るやるむんぬ、あんまあーたや、まあんかい、もうちゃがや、へーくやーかい、けえてぃくれやるむん——

雲《くも》さんは、沖縄《おきなわ》のことばを知《し》らないかな。

トミ姉《ねえ》ちゃんは「東風平小城《こちんだこぐすく》は安全《あんぜん》なのに、母《かあ》ちゃんたちはどこに行《い》ったの。早《はや》く帰《かえ》って来《く》ればいいのに。」っていったんだよ。

「ただの夢《ゆめ》かもしれないけど、この先進《さきすす》んでも死《し》ぬだけだ。どうせ死《し》ぬなら家《いえ》に帰《かえ》ろう。」

父《とう》ちゃんはそういった。

だけど、夢《ゆめ》じゃないよ。ヨキは信《しん》じる。トミ姉《ねえ》ちゃんや、おうちや畑《はたけ》が、ヨキたちを呼《よ》んでくれているんだって。

死《し》んじぇならんどぅ（死《し》んではいけない）

とにかくうちに帰《かえ》ろう。そう決《き》まった。

荷物《にもつ》は、ひと晩《ばん》やすませてもらったお礼《れい》だといって、みんな小屋《こや》のおばさんにあげた。

（そのかわり、命《ヌチ》だけは、なんとしても家《いえ》に持《も》って帰《かえ》るんだ。）

父《とお》ちゃんも母《かあ》ちゃんも、そう決心《けっしん》してる。ヨキにはわかる。家《いえ》に帰《かえ》るにも、あのバクダンが降《ふ》る道《みち》を通《とお》るんだ。

ひるまは山《やま》のなかや岩《いわ》のかげ、人のいないボークーゴーを見《み》つけたりして、じっとしていることにしたの。そして、バクダンがやん

だあとのまっくらな夜《よる》、お月《つき》さまとお星《ほし》さまの明《あ》かりだけを頼《たよ》りに進《すす》むんだよ。

手《て》さぐりでゆく道《みち》。

死《し》んだ人《ひと》がいっぱいたおれてる。

くらやみのなかに、ぽつんと馬《うま》が立《た》っていた。飼《か》い主《ぬし》は死《し》んじゃったらしい。

服《ふく》はぼろぼろ。からだは傷《きず》だらけ。もう食《た》べるものも着《き》がえる服《ふく》もない。腰《こし》につけた袋《ふくろ》に、少《すこ》しだけ入《はい》っていた黒砂糖《くろざとう》を、だいじになめてる。

だれかが泣《な》き出《だ》しそうになるたびに、母《かあ》ちゃんはこういってはげますの。

「いくさが終《お》わいね、いい世《よ》の中《なか》になぃさー。命《ヌチ》ぇ粗末《そまつ》に、死《し》んじぇならんどぅ。必《かん》じ、生《い》ちこわるないんどぅ。」

(イクサが終《お》われば、いい世《よ》の中《なか》になるから、命《いのち》を粗末《そまつ》にして死《し》んではいけない。必《かなら》ず生《い》きのびなければいけないよ。)

こわい顔《かお》の兵隊《へいたい》さん

真壁《まかべ》の森《もり》を出《で》て五日《いつか》ぐらいたった。村《むら》が見《み》えたときは、ほっとしたよ。

みんなうれしくてうれしくて、かけ出《だ》しそうになったの。

でも、そこで兵隊《へいたい》さんに呼《よ》び止《と》められた。

「おい！　そこで何《なに》をしている！　さっさと南《みなみ》へ逃《に》げないか。」

すごくこわい顔《かお》で、そういうんだよ。

もう南《みなみ》はこりごりです、家《いえ》に帰《かえ》らせてください、って、頼《たの》みたくても、あんまりこわい顔《かお》だから、いえなかった。

兵隊《へいたい》さんたちは、イクサがものすごいから、こわい人《ひと》になっちゃったんだ。

父《とう》ちゃんは「行《い》こう。」といって、みんなをつれて歩《ある》き出《だ》した。

南《みなみ》に行《い》くふりをしたんだよ。少《すこ》し行《い》ったところに、タピオカがいっぱい茂《しげ》ってたので、そこにもぐりこんで、ようすをうかがったの。兵隊《へいたい》さんがいなくなったら家《いえ》に帰《かえ》るつもりだった。

それなのに、夜《よる》になってもいなくなんない。そのまま朝《あさ》まで待《ま》ったのにいなくなんない。がっかりだったよ。南《みなみ》に逃《に》げるのがどんなにたいへんだったか。ひきかえしてくるのがどんなにたいへんだったか。おうちに帰《うち》ろう、帰《かえ》ろうって、それだけを考《かんが》えて帰《かえ》って来《き》たのに。

でも、どうしようもない。おなかはぺこぺこだし、つかれてるし、ヨキたちはあきらめて、少《すこ》しはなれたところに住《す》む知《し》り合《あ》いのおうちに、行《い》ってみることにしたの。トミ姉《ねえ》ちゃんには会《あ》えなかった。お嫁《よめ》に行《い》った家《いえ》の人《ひと》たちといっしょに、村《むら》を出《で》たらしい。

みんながいなくなっちゃった！

知《し》り合《あ》いのおうちはぶじだった。しばらくとめてくれるんだって。

ああ、よかった。

みんな、とにかく眠《ねむ》ったんだよ。ヨキも安心《あんしん》してぐっすり寝《ね》ちゃった。

しばらくして、はっと目《め》をあけたら……。

まっくらだ。手《て》さぐりでさがしたら、まわりにだれもいないみたいなの。

「母《かあ》ちゃん、父《とう》ちゃん。」

ちっちゃい声《こえ》で呼《よ》んでみた。

すごくこわくなった。

まさか、みんながヨキをおいて行《い》くはずがない。まさか……。

まさか、ヨキひとりだけ死《し》んじゃったのかな。それでひとりぼっちなのかな。

「うわあああっ、母《かあ》ちゃーん、父《とう》ちゃーん……。」

ごめんなさい、ごめんなさい、かみさま。ヨキはいい子《こ》じゃなかった。

かみさま。かみさま。どうかみんなに……。


「ヨキちゃん、ヨキちゃんたら、どうしたの。」

だれかの声《こえ》だ。

「みんなはこっちだよ。さあ、こっちへおいで。」

みんなはちょっと別《べつ》の部屋《へや》に行《い》ってただけだって。

ヨキがよく眠《ねむ》ってたから起《お》こさなかったんだって。

みんながいる部屋《へや》に行《い》った。

「どうしたの。そんなに泣《な》いて。」

って、姉《ねえ》ちゃんたちがにこにこしてる。

「ヨキをおいてかないでー。死《し》ぬのいやだー。こわいよー。」

母《かあ》ちゃんにすがりついて泣《な》いたの。

「だいじょうぶ、だいじょうぶ。かわいいヨキをだれがおいて行《い》くもんか。」

母《かあ》ちゃんはそういって、しっかり抱《だ》いてくれた。

青《あお》い目《め》は夜《よる》になると見《み》えないんだって

まいにち、おうちのようすを見《み》に行《い》った。六日《むいか》ぐらいたって、こわい兵隊《へいたい》さんがやっといなくなった。それで、やっとおうちに帰《かえ》ったんだよ。

でもね、日本軍《にほんぐん》の兵隊《へいたい》さんがいなくなったと思《おも》ったら、こんどは、アメリカ兵《へい》が村《むら》に来《き》たんだ。

アメリカ兵《へい》に見《み》つからないように、ヨキたちは、昼《ひる》のあいだ、丈《たけ》の高《たか》いサトウキビ畑《ばたけ》にもぐってなきゃいけなくなった。

やさしいサトウキビさん。世話《せわ》をする人《ひと》がいないのに、いっしょうけんめい育《そだ》って、ヨキたちを守《まも》ってくれるんだね。

夜《よる》になると家《いえ》にもどって、ごはん食《た》べて眠《ねむ》るの。ごはんといっても、野生《やせい》の草《くさ》だとか、畑《はたけ》で勝手《かって》に育《そだ》ったおイモだとかだよ。アメリカ兵《へい》に見《み》つからないように、大急《おおいそ》ぎで取《と》ってくるんだよ。

知《し》ってる？　アメリカ兵《へい》の目《め》は青《あお》いんだって。そんでもって、青《あお》い目《め》は、夜《よる》は見《み》えないんだってさ。だから、夜《よる》は村《むら》に来《こ》ないって、みんなそういってるよ。

今日《きょう》は、村《むら》に残《のこ》っていたり村《むら》に戻《もど》ってきた大人《おとな》たちが石垣《いしがき》をくずして、道《みち》にごろごろころがしてた。

じきにセンシャが来《く》るだろう。センシャは石《いし》があると進《すす》めないから、村《むら》に入《い》って来《こ》ないようにしてるんだって。

センシャって何《なん》だろう。だれがそんなこわいものをよこすんだろう。

燃《も》えるサトウキビ畑《ばたけ》

しぃー。

さっきから、アメリカ兵《へい》がそのへんにいるんだよ。

ヨキたちは、いま、かくれてる。親戚《しんせき》の人《ひと》や、きんじょのおばあちゃんたちもいっしょにいる。

近《ちか》づいてくるあの音《おと》はセンシャの音《おと》だって。

（センシャは道《みち》に石《いし》があってもへいきで村《むら》に入《はい》って来《き》ちゃったんだ。）

空《そら》にも、何《なに》かすごい音《おと》をたてるものがいる。

顔《かお》をあげるな！　動《うご》くんじゃない！

（アメリカ兵《へい》なんか、いなくなれ、いなくなれ。）

「おい、なんか撒《ま》いたぞ。このにおい、ガソリンじゃないか。」

「しぃー。」

……………………………………。

ボン！　ボン！　ボン！

「シュリューダンだ！　逃《に》げろっ！」

ぼっ、ぼっ、ぼっ。

火《ひ》がついた！　サトウキビが燃《も》えちゃう。

あっちからもこっちからも、火《ひ》がつかみかかってくる。

ぼうぼうぼう、ごうごうごう。

炎《ほのお》に追《お》われながら、みんな走《はし》る。ハル姉《ねえ》ちゃんが父《とう》ちゃんを助《たす》けながら走《はし》る。母《かあ》ちゃんと
スミ姉《ねえ》ちゃんとフミ姉《ねえ》ちゃんが、かわるがわるヨキの手《て》をつかんで走《はし》る。

ついて行《い》くんだ、ついて行《い》くんだ。みんなについて行《い》くんだ。

ボン！　ボン！

またシュリューダン。

ボン！

「うわぁー！」

…………。

「やられた！　コウがやられたぞ。」

コウ兄《にい》ちゃんって、ヨキのいとこだよ。

シュリューダンがおでこに当《あ》たったんだって。

ヨシモリ兄《にい》ちゃんと何人《なんにん》かが、両手《りょうて》をあげて畑《はたけ》から出《で》て行《い》った。

（いつか沖縄《おきなわ》ボウエイ隊《たい》の人《ひと》が、「逃《に》げずに両手《りょうて》をあげて出《で》てゆきなさい。」っていってたか

らだ。)

そのすきに、ほかの人《ひと》たちは用水路《ようすいろ》にころがりこんだ。母《かあ》ちゃんや姉《ねえ》ちゃんにひっつかまれて、ヨキもどさっと入《はい》った。おばさんたちも、コウ兄《にい》ちゃんをかかえて入《はい》った。

「ホリョになると殺《ころ》されるかもしれない。女《おんな》は特《とく》にひどい目《め》にあうんだって。」

声《こえ》をころして母《かあ》ちゃんがいった。

(じゃあヨシモリ兄《にい》ちゃんはどうなるの?)

そう思《おも》ったけど聞《き》けなかった。

コウ兄《にい》ちゃんが……

シーンとして、アメリカ兵《へい》はいなくなったみたいだけど、もしかしたら待《ま》ちぶせしてるかもしれない。

まだ燃《も》えている畑《はたけ》のこげくさいにおいがする。

風《かぜ》さん。アメリカ兵《へい》はまだいるの?

……………。

用水路《ようすいろ》にちょろちょろと流《なが》れる水《みず》が赤《あか》かった。コウ兄《にい》ちゃんの血《ち》だ。

……………。

夜《よる》になった。

星《ほし》さん。アメリカ兵《へい》はもう行《い》っちゃった?

……………。

コウ兄《にい》ちゃんは声《こえ》をたてない。おばさんに抱《だ》きかかえられて、ぐったりしてる。


まっくらになってから、ヨキたちはやっと、用水路《ようすいろ》を出《で》た。そして、ぐったりしたコウ兄《にい》ちゃんをみんなで引《ひ》き上《あ》げて、山裾《やますそ》に運《はこ》んだ。


横《よこ》たえて、土《つち》をかぶせてる。

ああ、やっぱり。もう生《い》きていなかったんだ。

みんな声《こえ》をたてずに泣《な》いてる。

死《し》んじゃったら、みんなといっしょにいられなくなるんだ。コウ兄《にい》ちゃんは、どんなにさみしいだろう。

おばさんたちは、手《て》を合《あ》わせて、こういってる。

「コウ、イクサが終《お》わったら、必《かなら》ずむかえに来《く》るからね。」

見《み》つかっちゃった

サトウキビ畑《ばたけ》が燃《も》やされたときは、ヨキたちがかくれているのを、アメリカ軍《ぐん》のヘリコプターかなにかが空《そら》から見《み》ていたらしい。それで、ガソリンをまいて、センシャからシュリューダンを投《な》げこんで行《い》ったんだって。

だから、あのあとは、空《そら》から見《み》えない場所《ばしょ》を選《えら》んで、かくれてたんだよ。

でも、今日《きょう》、ヨキたちは見《み》つかっちゃったの。

アメリカ兵《へい》は、ボークーゴーをのぞきこんで、なんかベラベラベラっていって、ひとりずつ引《ひ》きずり出《だ》した。

ヨキたちは両手《りょうて》をあげてならんだ。

アメリカ兵《へい》はすごくでっかい。鉄砲《てっぽう》を持《も》ってる。みんな殺《ころ》されるの？

ヨキは、すごく、すごく、くやしくなった。

「ぬーが、わったーや、悪《わる》いくとやさんてぃん！」

なんでなの！　わたしたちが悪《わる》いことをしたのって、泣《な》きながら、アメリカ兵《へい》を、ポカポカたたいたの。

母《かあ》ちゃんがおどろいてやめさせた。ちびっこのヨキの手《て》は、アメリカ兵《へい》の腰《こし》にもとどかなかったよ。

アメリカ兵《へい》は、ちびっこなんか相手《あいて》にしないで、ヨキたちからはなれて、車《くるま》を取《と》りに行《い》っちゃった。

そのとき、だれかが、すごくちっちゃい声《こえ》でいった。

「いまだ！」

みんないっせいに駆《か》け出《だ》した。

フミ姉《ねえ》ちゃんが、ヨキの手《て》を引《ひ》っぱる。みんな石垣《いしがき》を飛《と》びおりる。飛《と》びおりられないヨキのことは、フミ姉《ねえ》ちゃんが石垣《いしがき》の穴《あな》をくぐらせて、下《した》にいた母《かあ》ちゃんにわたしてくれた。

走《はし》った、走《はし》った。

だいぶ走《はし》って、ヤギ小屋《ごや》の床《ゆか》のすきまから、みんなで床下《ゆかした》にもぐりこんだ。

ヤギが、ベエベエさわぎだしたから、はらはらしたよ。どうか見《み》つかりませんようにって、

はらばいになって息《いき》をころしてた。

しばらくしてアメリカ兵《へい》の足音《あしおと》が聞《き》こえたけど、遠《とお》ざかっていった。

もういなくなっちゃったみたい。そう思《おも》ってからも、ずいぶんしんぼうしてから、ごそごそ床下《ゆかした》からはい出《だ》した。

どろだらけの顔《かお》を見合《みあ》わせる。

父《とう》ちゃん、母《かあ》ちゃん、ハル姉《ねえ》ちゃん、フミ姉《ねえ》ちゃん……。

あれ？　スミ姉《ねえ》ちゃんは？

さがしたけど、スミ姉《ねえ》ちゃんはどこにもいなかった。アメリカ兵《へい》につかまったらしい。

ヨシモリ兄《にい》ちゃんとスミ姉《ねえ》ちゃんがいなくなって、ヨキたちは五人《ごにん》になった。しんぱいだよ。さみしいよ。

ヨシモリ兄《にい》ちゃんも、スミ姉《ねえ》ちゃんも、どこかで、さみしがってるよ。ヨキたちよりずっとさみしがってるよ。

山《やま》のなかにかくれてる

ちっちゃい雲《くも》さんがいっぱいだ。

雲《くも》のヨーチエンみたいだね。

ヨキたちは、ここだよ。村《むら》からだいぶはなれた、山《やま》のなか。もう、おうちの近《ちか》くにはいられないの。

山《やま》のなかに、大《おお》きいボークーゴーを見《み》つけた。

なかには水がたまってて、ここで暮《く》らすのはいやだったよ。だけど、ほかに行《い》くところがないし、こんなところまではアメリカ兵《へい》も来《こ》ないだろうって考《かんが》えて、ずうっとここにいることになったの。

食《た》べ物《もの》は、あんまりないよ。

畑《はたけ》に行《い》けば、まだ残《のこ》っている野菜《やさい》があるけど、取《と》りに行《い》くのはたいへんなんだよ。まっくらな夜《よる》に、山《やま》をおりて、バクダンで穴《あな》だらけの道《みち》を遠《とお》い畑《はたけ》まで行《い》って、手《て》さぐりでおイモを掘《ほ》って、それをかついでここまで戻《もど》って来《く》るなんて。

だから、おなかはいつもぺこぺこだよ。

ここに来《き》て、もうどれくらいたつだろ。一《いっ》か月《げつ》かな。

二《に》か月《げつ》かな。わかんないけど、ずいぶん長《なが》くここにいるなあ。

ヨキは、ときどき思《おも》い出《だ》すの。イクサが来《く》る前《まえ》のいろんなこと。

まいにち畑《はたけ》で働《はたら》いたこと。その畑《はたけ》から、りっぱに実《みの》った野菜《やさい》を取《と》って来《き》て、みんなでおいしいおいしいって食《た》べたこと。すぐ近《ちか》くに住《す》んでるトミ姉《ねえ》ちゃんにも野菜《やさい》をあげたりもらったりしたっけ。それから父《とう》ちゃんの「お話《はなし》の時間《じかん》」のこと。スミ姉《ねえ》ちゃんもヨシモリ兄《にい》ちゃんもいて、みんなで父《とう》ちゃんのお話《はなし》を聞《き》いたっけ。

いつか、おうちに帰《かえ》れるのかなあ。

トミ姉《ねえ》ちゃんが……

こんなふうにかくれているのはヨキたちだけじゃない。ほかにもかくれている人《ひと》たちがいて、川《かわ》に水《みず》をくみに行《い》ったときに会《あ》うことがある。

こないだ母《かあ》ちゃんが、川《かわ》のそばにお菓子《かし》がおいてあるのを見《み》たんだって。

母《かあ》ちゃんは、アメリカ兵《へい》のワナかもしれないと思《おも》って、ひろわなかったけど、がまんできずに食《た》べてみた人《ひと》がいて、だいじょうぶだったたって。

それにね、アメリカ兵《へい》はこのごろこわくなくなって、子《こ》どもにお菓子《かし》をくれるっていううわさもある。

ほんとかなぁ。

ヨキは、サトウキビ畑《ばたけ》のことが忘《わす》れられないの。アメリカ兵《へい》は、ヨキたちがいるサトウキビ畑《ばたけ》を燃《も》やしたんだよ。シュリューダンにやられたコウ兄《にい》ちゃんは、まだあそこの山裾《やますそ》に、ひとりぼっちでいるんだよ。

「イクサが終《お》わいね、いい世《よ》の中《なか》にないさー。」

イクサが終《お》わったら、いい世《よ》の中《なか》になるって、母《かあ》ちゃんはいう。だけど今日《きょう》、川《かわ》に行《い》った母《かあ》ちゃんは、こわばった顔《かお》をして帰《かえ》って来《き》た。

「トミが……、トミが……。」

サトウキビ畑《ばたけ》でいとこのコウ兄《にい》ちゃんがやられたころに、アメリカ兵《へい》はトミ姉《ねえ》ちゃんがかくれてるところにも来《き》たんだって。いっしょにいた人《ひと》が、「俺《おれ》が守《まも》るぞ。」っていって、カマで立《た》ち向《む》かったけど、アメリカ兵《へい》がシュリューダンを投《な》げたんだって。それでトミ姉《ねえ》ちゃんたちは……。

みんな、だまって泣《な》いた。ヨキもだまって泣《な》いた……。

トミ姉《ねえ》ちゃんの家《いえ》の人《ひと》たちは、みんな殺《ころ》されてしまったんだって。

イクサって、ほんとに終《お》わるのかな。

終《お》わったよーって、どうやってわかるんだろう。

ドンドンドンって、太鼓《たいこ》をたたいて知《し》らせるのかなぁ。

「イクサが終《お》わったよー、いい世《よ》の中《なか》になったよー。」って。

そして、なにもかもが、もとどおりになるの?

センソウハ、オワリマシタ

だれか来《き》たよ。変《へん》な声《こえ》で何《なに》かいってる。

「モウ、センソハ、オーワルマシータ。アンシーンシテ、デッテキテ、クーダサイ。」

「しっ、動《うご》かないで。アメリカ兵《へい》よ。」

「モウ、センソハ、オーワルマシータ。アンシーンシテ、デッテキテ、クーダサイ。」

また変《へん》な声《こえ》がくりかえすので、よく聞《き》いてみたよ。

(え? 「もう戦争《せんそう》は終《お》わりました。安心《あんしん》して出《で》て来《き》てください。」っていってるの?)

「戦争《せんそう》が終《お》わっただなんて、ウソかもしれないよ。」

母《かあ》ちゃんと父《とう》ちゃんが、顔《かお》を見合《みあ》わせる。

「アンシーンシテ、デッテキテ、クーダサイ。」

「どうしよう。」

「どっちみち逃《に》げられないよ。出《で》るしかない。」

外《そと》に出《で》た。

あっ、両手《りょうて》をあげなくちゃ。

「アンシーン。センソ、ナーイ。」

アメリカ兵《へい》はそういって、ヨキたち五人《ごにん》をトラックにのせたの。

ヨキたちはホリョになったんだ。

持《も》ち物《もの》はなんにもない。からっぽの両手《りょうて》。ほんとうに、なんにもなんにも、なくなっちゃっ

た。

テント村《むら》に来《き》た

やさしい雲《くも》さん。ヨキたちについてきてくれたの?

ここは、玉城《たまぐすく》の百名《ひゃくな》っていうところだって。テントがいっぱい。人《ひと》がいっぱい。きょろきょろしちゃった。

来《く》るとちゅう、通《とお》ったところは、村《むら》も畑《はたけ》もめちゃくちゃだった。ヨキたちは、殺《ころ》されるかもしれないって思《おも》ってびくびくしてたんだけど、テント村《むら》の人《ひと》たちは、こわがっているようには見《み》えなかったよ。

テントのひとつに入《はい》るようにいわれた。風《かぜ》が吹《ふ》いたらすっとんじゃいそうだけど、ボークーゴーよりましみたい。

テントに入《はい》っても、父《とう》ちゃんと母《かあ》ちゃんはおちつかなくて、まわりのテントの人に話《はなし》を聞《き》いてきた。

「イクサはほんとうに終《お》わったらしい。」

「ここは安全《あんぜん》だってさ。パンをひとり二枚《にまい》くれるそうだ。」

「知《し》っている人《ひと》も来《き》てるらしいよ。」

「もしかしたら、ヨシモリとスミもここにいるかもしれない。」

それで、ヨキたちは、テント村《むら》のなかをたずね歩《ある》いたんだよ。

いまにも、そのへんのテントから、ひょっこり出《で》てくるんじゃないか。「ヨキー！」っていってかけよって来るんじゃないか。

………でも、いなかったの。

「ほかにもテント村《むら》があるんだよ。はしっこい子《こ》たちだもの。なんとか生《い》きのびているさー。きっときっと、ぶじでいるさー。」

母《かあ》ちゃんはなんかいもそういった。

イクサはとっくに終《お》わっていた

イクサはほんとに終《お》わったんだって。

だけど、ヨキたちがいちばんびっくりしたのはね、イクサが、もうとっくに終《お》わってたってことだよ。

ヨキたちが山《やま》にかくれはじめたころに終《お》わって、ラジオでホウソウしたんだって。

そんなあ！

ラジオなんて、だあれも持《も》ってないじゃない。

ヨキたちみたいに、イクサが終《お》わったのを知《し》らないで、びくびくかくれてた人《ひと》がいっぱいいたんだって。

それとね、ヨキたちが南《みなみ》へ逃《に》げたことがあるでしょ。あのとき、トミ姉《ねえ》ちゃんの声《こえ》が聞《き》こえて、南《みなみ》に行《い》くのをやめたよね。

あれでヨキたちは命《いのち》びろいしてたの。

ヨキたちはちっとも知《し》らなかったけど、南《みなみ》はゲキセンチだったんだって。ゲキセンチって、イクサがうんとひどかったっていう意味《いみ》だよ。とにかく南《みなみ》では、おおぜいの人《ひと》が死《し》んじゃったんだって。ヨキたちがあのまま南《みなみ》へ進《すす》んでいたら、いまごろ生《い》きていられなかったんだ。

学校《がっこう》に行《い》きたい

わーい。テント村《むら》には、学校《がっこう》があるんだよ。

広場《ひろば》の木《き》のところにオルガンがあって、先生《せんせい》が、歌《うた》やべんきょうを教《おし》えてくれるんだって。イクサが来《く》る前《まえ》はヨーチエンに行《い》ってたけど、ヨキはもう一年生《いちねんせい》になってるんだよ。これからは学校《がっこう》に行《い》って、ともだちと歌《うた》ったり遊《あそ》んだりできる。

六年生《ろくねんせい》のフミ姉《ねえ》ちゃんがつれてってくれる。そういうことになってたの。

それなのに、いよいよテントを出《で》るときになって、姉《ねえ》ちゃんが、やっぱりつれて行《い》けないっていい出《だ》したの。

「おまえの服《ふく》はひどすぎるよ。恥《は》ずかしくて、つれて行《い》けないよ。」

服《ふく》がひどすぎるって……。

いままで服《ふく》のことなんか気《き》にしてなかった。イクサのときは、みんな服《ふく》どころじゃなかったもんね。だけど、いわれてみればヨキの服《ふく》はすごくぼろっちい。

他《ほか》の人《ひと》の服《ふく》もぼろだけど、ヨキのはとくにひどい。うしろがびりびり裂《さ》けちゃって、お尻《しり》が見《み》えてるって姉《ねえ》ちゃんがいう。

（パンツなんかとっくにないよ。）

ヨキが悪《わる》いんじゃないのに。バクダンやアメリカ兵《へい》から逃《に》げて、なんかいもなんかいもころんだからなのに。

新《あたら》しい服《ふく》なんかどこにもないよ。ずうっと学校《がっこう》に行《い》けないよ。

それどころか、テントから出《で》るのも恥《は》ずかしくなっちゃった。みんな、みっともない子《こ》だって思《おも》うよね。お尻《しり》が見《み》えるって笑《わら》われるよね。

ヨキはどうしたらいいの?

青《あお》い空《そら》、青《あお》い海《うみ》

フミ姉《ねえ》ちゃんは、ヨキをおいて、学校《がっこう》に行《い》っちゃった。

学校《がっこう》に行《い》く子《こ》たちが、なんにんかずつまとまって、わいわいいいながら通《とお》る。

やっぱりヨキも学校《がっこう》に行《い》きたいよ。遠《とお》くから見《み》てるだけでもいいから、どうしても行《い》きたいよ。

あっ、知《し》らない子《こ》たちがいっぱいかたまって来《く》る。あのあとからついて行《い》けば、なんとかなるんじゃないかな。

えーい。いちにの、さん!

……………。

まぎれこんだヨキを見《み》ても、だあれもなんにもいわないよ。へいきへいき。このまま ついて行《い》っちゃおう。

歌《うた》が聞《き》こえる。オルガンの音《おと》が近《ちか》づいてくる。ヨキも歌《うた》うんだ。いっぱい歌《うた》っちゃうからね。

広場《ひろば》についた。子どもが輪《わ》になって座《すわ》ってる。まんなかに女《おんな》の先生《せんせい》がいる。見《み》つからないように、うしろのほうにちっちゃくなって座《すわ》ろうっと。

みんなが歌《うた》っているのは、知《し》らない歌《うた》だけど、

♪あおいそら、あおいうみ……。

かんたんだ。これならヨキにも歌《うた》えるよ。

（でも、ちっちゃい声《こえ》で。）

♪あおいそら、あおいうみ……。

こないだまで、空《そら》からはバクダンが降《ふ》って来《き》たけど、もうイクサは終《お》わったんだね。ほんとうに終《お》わったんだね。

次《つぎ》の歌《うた》は「青《あお》い目《め》の人形《にんぎょう》」っていう歌《うた》。ヨキはなんだって歌《うた》えるよ。ぜんぶ覚《おぼ》えちゃうよ。

♪青《あお》い目《め》をしたお人形《にんぎょう》は
　アメリカ生《う》まれのセルロイド

お人形《にんぎょう》ほしいなー。

そういえば、アメリカ人の青《あお》い目《め》は夜《よる》になると見《み》えなくなる、っていってたよね。あれってほんとかなぁ。

いっぱい歌《うた》ったよ。いろんな歌《うた》。

大《おお》きい声《こえ》で、おもいっきり歌《うた》ったよ。すごく気持《きも》ちいい。

先生《せんせい》に呼《よ》ばれた！

楽《たの》しい時間《じかん》って、ぴゅんぴゅん過《す》ぎちゃう。今日《きょう》はもうおしまいだって。

ヨキがそろそろっとうしろにあとずさろうとしたら、先生《せんせい》がこっちを見《み》たの。

で、ヨキに、声《こえ》をかけたんだよ。

「新《あたら》しい子ね、今日《きょう》から来《き》たのね？」

先生《せんせい》は、ヨキにちゃんと気《き》づいてたんだ。

先生《せんせい》がおいでおいでってする。うわー、どうしよう。

しようがないから、お尻《しり》をおさえて先生《せんせい》のそばまで行《い》ったの。

「よく来《き》てくれたわね。これからまいにち来《き》てね。」

先生《せんせい》はにこにこしていった。

そして、なんかすごく大《おお》きなものをさし出《だ》した。

「はい、これ。縫《ぬ》いなおして、服《ふく》を作《つく》ってもらうといいわ。」

それは、アメリカ兵《へい》の上着《うわぎ》だったの。でっかいでっかい。

両手《りょうて》をひろげて抱《だ》き取《と》った。ヨキはちびっこだから、でっかい上着《うわぎ》をかかえたら、前《まえ》が見《み》えないぐらいだったよ。

新《あたら》しい服《ふく》だよ！

よいしょ、よいしょ。

すごいおみやげだ。

テントに飛《と》びこんで、母《かあ》ちゃんに見《み》せた。

「母《かあ》ちゃん、母《かあ》ちゃん。これ、もらったー！」

母《かあ》ちゃんもおおよろこびだった。でっかい上着《うわぎ》をひろげて、うーんっていって考《かんが》えて、

「これなら、いっぱい服《ふく》が作《つく》れるよ。すぐ作《つく》ってあげるからね。」

っていって、おさいほうの道具《どうぐ》を借《か》りに飛《と》び出《だ》して行《い》った。

それから母《かあ》ちゃんは、すごくがんばって、ほんとうにすぐ、ヨキの服《ふく》を作《つく》ってくれた。

「あちゃから、うりちゃーに学校《がっこう》行《い》かりんどう。」

あしたからこれを着《き》て、きれいなかっこうで学校《がっこう》に行《い》けるよ。そういって母《かあ》ちゃんがヨキにくれたのは、上着《うわぎ》とズボン、それからパンツ。

「すてきだよ。はやく着《き》て見《み》せて、うりうりうり。」

フミ姉《ねえ》ちゃんもよろこんで、うりうりってせかすんだよ。

着《き》てみたらほんとうにぴったり。じょうとう!

「パンツはごわごわしないかい。」

母《かあ》ちゃんが笑《わら》った。

「そんなのへいき。母《かあ》ちゃん、ありがとう、ありがとう。」

ヨキは、ピョンピョンはねまわっちゃったよ。

桑《くわ》の葉《は》のスープはまずいよ

ほわほわの雲《くも》さん。

今日《きょう》も学校《がっこう》に行《い》ってきたよ。

ヨキは、歌《うた》も好《す》きだけど、べんきょうだってちゃんとしてるよ。

おそわったひらがなを、地面《じめん》に書《か》いておぼえるんだよ。父《とう》ちゃんが漢字《かんじ》を教《おし》えてくれることもあるよ。

あっ、トラックが来《く》るって。ヨキもなんかもらわなきゃ。

ショクリョウのトラックが来《く》ると、テント村《むら》の人《ひと》たちがわーって集《あつ》まる。トラックは、お菓子《かし》やカンヅメを落《お》として行《い》くの。だから、みんな、トラックをおいかけてってひろうんだよ。

ヨキはちびっこだから、みんながひろい残《のこ》したものをひろう。

でも、トラックが落《お》としていくものだけじゃぜんぜん足《た》りないの。アメリカ軍《ぐん》のキャンプにしのびこんで、カンヅメやなんかを、こっそりもらってきちゃうこともある。ヨキじゃないよ。大人《おとな》の人《ひと》たち。

そういうのを「センカをあげる」っていうんだって。

みんなでスープを作《つく》ることもあるよ。

材料《ざいりょう》は、近《ちか》くに生《は》えている草《くさ》みたいなものなんだけど、だれかがどこかからお塩《しお》を手《て》に入《い》れてきて、大《おお》きい鍋《なべ》で作《つく》るんだよ。

お味噌《みそ》があればおいしいのになぁって、みんないってるよ。

こないだ桑《くわ》の葉《は》っぱで作《つく》ってみたのは、かたかったなあ。桑《くわ》って、かたくてまずいからふ

つうは食《た》べないんだけど、なんにもないからしようがない。

あしたは、車《くるま》のオイルでてんぷらを作《つく》ってみるんだって。

「そんなの、まずいに決《き》まってる。おなかをこわすだけさー。」

って母《かあ》ちゃんはいってるけど。

よその人《ひと》の畑《はたけ》

テント村《むら》にしばらくいて、それから、船越《ふなこし》っていうところのシュウヨウ所《じょ》にみんなでひっこし。こんどは、テントじゃなくて長屋《ながや》みたいな家《いえ》だよ。

まわりには畑《はたけ》がある。ヨキたちはその畑《はたけ》からおイモを掘《ほ》るの。

そのおイモを植《う》えた人は、どっかに行《い》っちゃったか、死《し》んじゃったかで、いまはだれも世《せ》話《わ》をしてない畑《はたけ》なんだよ。かわいそうな畑《はたけ》。

人《ひと》が植《う》えたものを勝手《かって》に取《と》るなんてなさけない。おイモもきっとかなしいよ。ヨキたちの畑《はたけ》はどうなったのかな。

ああ、うちに帰《かえ》りたいなぁ。

でも、シュウヨウ所《じょ》の外《そと》はまだキケンなんだって。だから、まだ帰《かえ》っちゃいけないんだってさ。イモ掘《ほ》りにも、護衛《ごえい》の人《ひと》がついて来《く》るんだよ。何《なに》がキケンかっていうと、悪《わる》いアメリカ兵《へい》がいて、ランボウなことをするんだって。だから、いつもだれかといっしょにいるようにして、気《き》をつけていなさいっていわれたよ。

畑《はたけ》に行《い》くと、よその人《ひと》に会《あ》うことがある。そこでいろんな話《はなし》を聞《き》いてくることもある。

それでね、すごくうれしいことが、わかった。

それは、ヨシモリ兄《にい》ちゃんとスミ姉《ねえ》ちゃんのこと。二人《ふたり》ともぶじだったらしい。別《べつ》のシュウヨウ所《じょ》にいるんだって。生《い》きていれば、いつか必《かなら》ず会《あ》えるんだ。

うちに帰《かえ》ろう!

雲《くも》さん。

聞《き》いて、聞《き》いて。

ヨキたちね、やっと、おうちに帰《かえ》ってもいいことになったの。

みんな大《おお》よろこびだよ。ホリョになってからもう一年《いちねん》ぐらいたつもん。おうちに帰《かえ》りたい、帰《かえ》りたいって、思《おも》わない日《ひ》はなかったんだもん。

そりゃあ、心配《しんぱい》なこともある。ここを出《で》たら、食《た》べ物《もの》をもらえない。それに、ヨキたちのおうちが、まだあるかどうかもわからない。バクダンでふっとんじゃってるかもしれないでしょ。

「とにかくうちに帰《かえ》ろう。みんなで畑《はたけ》をやろう。なあに、少《すこ》しのしんぼうだ。」

「家《いえ》がなかったら、たてればいいさー。」

「わーい。帰《かえ》ろう、帰《かえ》ろう。」

みんながんばって歩《ある》いたよ。

何日《なんにち》もかかったけど、へいきだったよ。バクダンはもう降《ふ》って来《こ》ないんだもの。

ともだちに会《あ》えるかな。みんな元気《げんき》かな。

荒《あ》れはてた村《むら》

あの丘《おか》を越《こ》えれば村《むら》だ。

「もう少《すこ》しだ。ちばりよー。(がんばれ。)」

ヨキたちは、よいしょ、よいしょと丘《おか》をのぼった。

そして、とうとう丘《おか》のてっぺんに来《き》た。

「あっ、……。」

ない……。

ないんだよ。丘《おか》から見《み》おろした村《むら》には、おうちも畑《はたけ》も、なくなっていたんだよ。ぽつんぽつんと残《のこ》っている家《いえ》がふたつぐらいあるだけで、あとはススキがぼうぼう生《は》えているだけ。ヨキたちのおうちも畑《はたけ》も、どこだかわからないの。バクダンがいっぱい落《お》ちたんだ。それでみんなふっとんじゃったんだ。

ヨキたちは、ススキだらけの村《むら》へおりてった。

人《ひと》がいた。女《おんな》の人《ひと》や子《こ》ども、おじーやおばー。大人《おとな》の男《おとこ》の人《ひと》はいないみたいだった。知《し》ってる人《ひと》たちだけど、声《こえ》が出《で》なかった。

空《そら》は青《あお》いけど、なんだか暗《くら》い。荷物《にもつ》がないのに、からだが重《おも》い。みんなだまって、ススキをかきわける。気《き》をつけないと、バクダンの穴《あな》に落《お》っこちる。死《し》んだ人《ひと》の骨《ほね》があちこちにある。

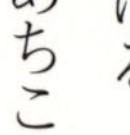

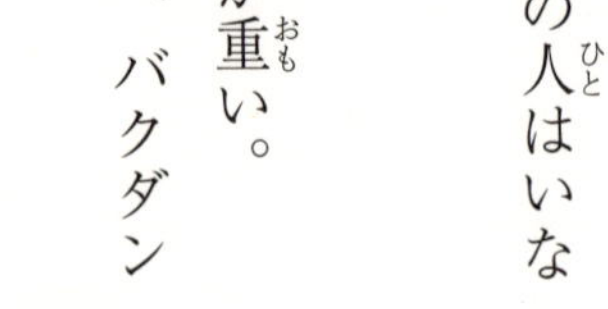

うちはこのへんだったかな。

竹《たけ》の囲《かこ》いが少《すこ》しだけ残《のこ》ってた。

ミニトマト

ススキをかきわけて庭《にわ》だったところに入《はい》ったら、あいやー、おどろいたよ。池《いけ》があったんだ。

「あきさみよー！　バクダンが、うてぃとーん。」（あれまー！　爆弾《ばくだん》が落《お》ちたんだ。）

「うりひゃー、でーじなとーん。」（これはたいへんなことになった。）

バクダンが家《いえ》をふっとばして、大穴《おおあな》あけて、そこに水《みず》がたまったんだよ。

みんな、へたへたっと座《すわ》りこんじゃった。


ぴょん。

そのとき、池《いけ》からカエルがとび出《だ》した。

それで気《き》がついたんだけど、足《あし》もとになんか赤《あか》いものが、いっぱいある。宝石《ほうせき》みたいに光《ひか》ってる。

なんだろうと思《おも》ったら、それは、ミニトマトだったの。

村《むら》がこんなになっちゃって、家《いえ》もなくなってて、すごくがっかりしてたヨキたちだけど、ミニトマトを見《み》たら、おなかがすいているのを思《おも》い出《だ》した。

イクサで畑《はたけ》が作《つく》れなくなってから、トマトなんて食《た》べられなかったんだもん。さっそく口《くち》にほうりこんで、ぱくぱく食《た》べた。

おいしかったさー。

庭《にわ》のすみっこには、ツルムラサキも生《は》えてたんだよ。

ヨキたちがいないあいだは、鳥《とり》があちこち種《たね》をまいてくれてたんだ。

やることがいっぱい

「これからどうしよう。」

「とにかく、住《す》む小屋《こや》を作《つく》ろう。」

「材木《ざいもく》をひろい集《あつ》めてくるよ。」

「食《た》べ物《もの》もなんとかしなくちゃ。」

「イクサは終《お》わったんだ。なんにもなくなったけど、やることがいっぱいある。みんなでがんばろう。」


それからヨキたちは、材木《ざいもく》なんかを集《あつ》めてきて、ほったて小屋《ごや》を作《つく》ったんだよ。使《つか》えるものはなんでもひろってきた。ふとんもなんにもないから、ススキを敷《し》いて寝《ね》た。

それから、村《むら》の人《ひと》たちみんなで、亡《な》くなったまんま骨《ほね》になっているなきがらを集《あつ》めて、大《おお》きい穴《あな》を掘《ほ》って葬《ほうむ》ったんだよ。

だれの骨《ほね》だかわかんない。男《おとこ》の人《ひと》か女《おんな》の人《ひと》かもわかんなかった。

ボークーゴーで死《し》んじゃった、あの知《し》らないおばさんの骨《ほね》もひろってきたんだって。

畑《はたけ》はね、ぜんぜん、だめだったの。

かたっぱしからススキを引《ひ》き抜《ぬ》いたら、バクダンで穴《あな》だらけだよ。長《なが》いあいだほったらかしだったから、いろんな雑草《ざっそう》が根《ね》をはってて、それを掘《ほ》りおこしてかたづけるのも、すごくたいへん。

みんなへとへとになるまで働《はたら》いた。ヨキだって、朝《あさ》から晩《ばん》まで、いっしょうけんめい働《はたら》いたよ。そうやって、一《いっ》か月《げつ》ぐらいかかって、やっと、ちっちゃい畑《はたけ》の準備《じゅんび》ができた。

あんたたちが頼《たよ》りだ

畑《はたけ》に植《う》えるものはどうしたと思《おも》う？　種《たね》はない。

でもね、サツマイモやサトウキビは、茎《くき》からでも根《ね》を生《は》やすんだよ。雑草《ざっそう》にまじって、ひとりでに根《ね》を出《だ》して、まだ生《い》きてるのがあるの。まだ生《い》きてる。

ヨキたちとおんなじだ。

そういうのを集《あつ》めてきて、だいじにだいじに植《う》える。

さあ、畑《はたけ》だよ。ここで安心《あんしん》して育《そだ》ってね。

「いったーる、たぬまりーる、たぬみんど。」（あんたたちが頼《たよ》りだ。頼《たの》むよ。）

って、ひとつひとつに声《こえ》をかけるの。

食《た》べられるようになるまで半年《はんとし》も待《ま》たなくちゃいけない。それまで

ヨキたち、なんとかがんばるからね。みんな、おっきく育《そだ》ってね。

村《むら》に戻《もど》ってしばらくしたら、お米《こめ》やメリケン粉《こ》（小麦粉《こむぎこ》）が少《すこ》しずつ配《くば》られるようになったんだよ。よかったー。そのうち野菜《やさい》の種《たね》もくれるらしいよ。

「今日《きょう》はザンパン取《と》って来《く》るよー。」

「わーい。」

大人《おとな》はときどき、アメリカ軍《ぐん》のゴミ捨《す》て場《ば》まで、ザンパンをひろいに行《い》くんだよ。ザンパンっていうのは、アメリカ人《じん》の食《た》べ残《のこ》しなんだって。

でも、すごいごちそうなんだよ。

ゴミ捨《す》て場《ば》は遠《とお》いから、帰《かえ》ってくるのは夕方《ゆうがた》。楽《たの》しみだなあ。

かみさま、ありがとう

ヨキたちみたいに生《い》き残《のこ》った人《ひと》が、少《すこ》しずつ村《むら》に戻《もど》って来《き》た。イクサの前《まえ》とくらべると、村《むら》の人数《にんずう》は、はんぶんぐらいになっちゃった。

戻《もど》って来《こ》ないともだちもいる。

村《むら》に帰《かえ》ってからどのくらいたったかな。

ちっちゃい畑《はたけ》にサツマイモを植《う》えているときだった。「うわあ！」っていう声《こえ》がした。


「父《とう》ちゃん！　母《かあ》ちゃん！　うわあぁぁぁ！」


ヨシモリ兄《にい》ちゃんとスミ姉《ねえ》ちゃんだ！

二人《ふたり》とも、大声《おおごえ》をあげてかけてよって来《き》て、父《とう》ちゃんと母《かあ》ちゃんのふところにとびこんだ。


「あぁ、あぁ、元気《げんき》やてーせん。（元気《げんき》だったんだね。）あぁ、あぁ……。」

「あぁ、よかったさー。ほんとによかったさー。」

あとはもう、みんな、わんわん泣《な》いちゃったよ。

かみさま、ありがとう。ありがとう。

みんなでがんばるよ

雲《くも》さん。まっ白《しろ》い雲《くも》さん。

空《そら》をおそうじしてるみたい。

雲《くも》さん。

ヨキたちが見《み》える？　いっしょうけんめい畑《はたけ》で働《はたら》くのが見《み》える？

亡《な》くなった人《ひと》たちのためにも、みんながんばらなきゃいけないんだって、父《とう》ちゃんと母《かあ》ちゃんはいうんだよ。

いま、沖縄《おきなわ》じゅうで、生《い》き残《のこ》った人《ひと》が、がんばってるんだって。

ヨキは、いつも畑《はたけ》で野菜《やさい》たちをはげますんだよ。

「いったーる、たぬまりーる、たぬみんど。」

あんたたちが頼《たよ》りだ。頼《たの》むよって。

野菜《やさい》たちは、ヨキのことばがわかる。聞《き》こえてる。がんばるよ、がんばるよって、おイモも、サトウキビも、ソラマメも、ムギも、みんなみんな、葉《は》っぱをひろげてぐんぐん育《そだ》っていくよ。

そして、
長《なが》い時《とき》がながれてゆきました。

「いい世《よ》の中《なか》」になるまで

空《そら》をわたる、今日《きょう》の新《あたら》しい雲《くも》。

わたし、ヨキ。

長《なが》い長《なが》い時《とき》が流《なが》れ、わたしはまだここにいます。


トミ姉《ねえ》ちゃんや、いとこのコウ兄《にい》ちゃんが亡《な》くなったイクサ。

いまでもこわくて、全部《ぜんぶ》を思《おも》いうかべることができません。


あのとき沖縄《おきなわ》で亡《な》くなった人《ひと》は、二十万人以上《にじゅうまんにんいじょう》だとか。

「いくさが終《お》わいね、いい世《よ》の中《なか》にないさー。」

(イクサが終《お》われば、いい世《よ》の中《なか》になるよ。)

わたしの母《かあ》ちゃんがいっていた「いい世《よ》の中《なか》」ってね、すぐ来《く》るわけではなかったの。

イクサのあとも、まだイクサで亡《な》くなった人《ひと》がたくさんいたんですもの。

どうしてかって？

沖縄戦《おきなわせん》で落《お》ちてきた爆弾《ばくだん》のなかには、土《つち》にもぐって爆発《ばくはつ》しないまんまになってしまったのがあるの。不発弾《ふはつだん》っていうのよ。

畑《はたけ》って土《つち》がやわらかいでしょ。だから爆弾《ばくだん》が土《つち》にもぐって、特《とく》に不発弾《ふはつだん》になりやすいの。

イクサが終《お》わって、みんな、さあがんばるぞって、荒《あ》れはてた畑《はたけ》に出《で》て行《い》ったんだけど、クワをエイヤッてふりおろしたら、不発弾《ふはつだん》に当《あ》たって、ドッカーン……。

あれからもう六十五年《ろくじゅうごねん》もたつのに、不発弾《ふはつだん》はまだ残《のこ》っていて、いまでも爆発《ばくはつ》することがあるのよ。

沖縄《おきなわ》の土《つち》には、不発弾《ふはつだん》だけじゃなくって、イクサで死《し》んだ人《ひと》たちの骨《ほね》も埋《う》まっているの。

だれかが見《み》つけてくれるのをいまも待《ま》っている。

イクサが終《お》わったあと、沖縄《おきなわ》はアメリカに占領《せんりょう》されちゃってね、アメリカ軍《ぐん》は大《おお》きな基地《きち》を造《つく》ったのよ。

そこに住《す》んでいた人《ひと》たちは、イクサのあとでせっかく作《つく》りなおした家《いえ》や畑《はたけ》のある土地《とち》を、アメリカ軍《ぐん》に取《と》りあげられちゃったの。

終戦《しゅうせん》から二十七年《にじゅうしちねん》たって、沖縄《おきなわ》はアメリカから日本《にほん》に返《かえ》された。それからさらに三十八《さんじゅうはち》年《ねん》がたったけど、まだ、アメリカ軍《ぐん》の基地《きち》はなくならないの。

あけもどろの空《そら》

あけもどろの空《そら》。

なんだか早《はや》く目《め》がさめました。夜《よ》が明《あ》けはじめる美《うつく》しい空《そら》を見《み》ています。

父《とう》ちゃんは、六十歳《ろくじっさい》で亡《な》くなりました。

母《かあ》ちゃんは、九十二歳《きゅうじゅうにさい》まで生《い》きました。

わたしたち兄弟《きょうだい》は、おじいちゃんやおばあちゃんになり、子《こ》どもや孫《まご》にめぐまれて、いまもハタラチャーです。

ハル姉《ねえ》ちゃんは、七十五歳《ななじゅうごさい》で亡《な》くなりましたが、ヨシモリ兄《にい》ちゃん、フミ姉《ねえ》ちゃん、スミ姉《ねえ》ちゃんは、みんな元気《げんき》で、まいにち畑《はたけ》に出《で》ています。

軍医《ぐんい》のシラカワさんは、ごぶじだったでしょうか。

日《ひ》が昇《のぼ》ります。今日《きょう》の空《そら》はまっ青《さお》にすみわたっています。

さあ、畑《はたけ》に行《い》こう。

「いったーる、たぬまりーる、たぬみんど。」

（あなたたちが頼《たよ》りだ。頼《たの》むよ。）

わたしはいまも、野菜《やさい》たちに話《はな》しかけます。

そして、畑仕事《はたけしごと》をしながら聞《き》いているラジオの音《おと》を、少《すこ》し大《おお》きめにして、野菜《やさい》たちにも聞《き》こえるようにしてあげるんですよ。

沖縄戦《おきなわせん》とは――ちびっこヨキが見《み》なかった沖縄戦《おきなわせん》と、その後《ご》の沖縄《おきなわ》

■戦争《せんそう》のはじまり

ちびっこだったヨキちゃんが体験《たいけん》したイクサは、第二次世界大戦《だいにじせかいたいせん》という大《おお》きな戦争《せんそう》でした。第二次世界大戦《だいにじせかいたいせん》は、1939年《ねん》9月《がつ》、ヨーロッパで始《はじ》まりました。この戦争《せんそう》は全世界《ぜんせかい》にひろがり、それまでの歴史《れきし》のなかで、いちばん大《おお》きな世界戦争《せかいせんそう》となりました。

日本《にほん》は（このときすでに中国《ちゅうごく》と戦争《せんそう》をしていましたが）、ドイツ・イタリアと同盟《どうめい》を結《むす》び、1941年《がつ》12月《がつ》、ハワイの真珠湾《しんじゅわん》を攻撃《こうげき》して、アメリカ・イギリスなどの連合国《れんごうこく》との戦争《せんそう》になりました。

日本軍《にほんぐん》と連合軍《れんごうぐん》（アメリカ軍《ぐん》が中心《ちゅうしん》）は、おもに太平洋《たいへいよう》で戦《たたか》ったので、第二次世界大戦《だいにじせかいたいせん》のなかのこの戦争《せんそう》は、太平洋戦争《たいへいようせんそう》と呼《よ》ばれています。太平洋戦争《たいへいようせんそう》は、1941年から1945

年《ねん》8月《がつ》まで続《つづ》きました。

■日本《にほん》が負《ま》けて大戦《たいせん》は終《お》わった

日本軍《にほんぐん》は、はじめのうちは勝《か》っていましたが、1942年《ねん》6月《がつ》にミッドウェー海戦《かいせん》という戦《たたか》いで敗北《はいぼく》。そのころから負《ま》け戦《いくさ》になり、南太平洋《みなみたいへいよう》の島々《しまじま》にあった基地《きち》を次々《つぎつぎ》に奪《うば》われました。その戦《たたか》いで、多《おお》くの兵隊《へいたい》が死《し》にました。

他《た》の同盟国《どうめいこく》は降伏《こうふく》（戦《たたか》いに負《ま》けたことを認《みと》める）しましたが、日本《にほん》は、国民《こくみん》がみんな死《し》ぬまで戦《たたか》うんだといって、戦争《せんそう》をやめませんでした。とうとう日本本土《にほんほんど》のあちこちに爆撃機《ばくげきき》が来《き》て、空襲《くうしゅう》で民間人《みんかんじん》が殺《ころ》されるようになりました。

1945年《ねん》3月《がつ》の東京大空襲《とうきょうだいくうしゅう》では、一晩《ひとばん》でおよそ十万人《じゅうまんにん》が亡《な》くなりました。3月《がつ》～8月《がつ》の沖縄戦《おきなわせん》（ヨキちゃんはここにいました）では、およそ二十万人以上《にじゅうまんにんいじょう》が亡《な》くなりました。日本側《にほんがわ》の死者《ししゃ》はおよそ十九万人《じゅうきゅうまんにん》、その半分以上《はんぶんいじょう》が民間人《みんかんじん》だといわれています。

同年《どうねん》8月《がつ》の広島《ひろしま》・長崎《ながさき》の原爆《げんばく》では、爆発直後《ばくはつちょくご》に十数万人《じゅうすうまんにん》（その後《ご》の放射能汚染《ほうしゃのうおせん》で亡《な》くなった人《ひと》を含《ふく》めると二十万人以上《にじゅうまんにんいじょう》）が死亡《しぼう》しました。

こうして、多《おお》くの人《ひと》が犠牲《ぎせい》になり、1945年《ねん》8月《がつ》15日《にち》、ついに日本《にほん》は無条件降伏《むじょうけんこうふく》し、第《だい》二次世界大戦《にじせかいたいせん》は終《お》わりました。

■撃沈《げきちん》された疎開船《そかいせん》

少《すこ》し時間《じかん》を戻《もど》して、沖縄戦《おきなわせん》の前《まえ》からお話《はな》ししましょう。

1944年《ねん》7月《がつ》、日本軍《にほんぐん》はとうとうサイパン島《とう》を奪《うば》われました。サイパン島《とう》から飛《と》び立《た》ったアメリカの爆撃機《ばくげきき》が、それまで以上《いじょう》に日本本土《にほんほんど》を空襲《くうしゅう》するようになりました。

アメリカ軍《ぐん》は、さらに日本本土《にほんほんど》への上陸《じょうりく》の足《あし》がかりとして、沖縄《おきなわ》を奪《うば》おうと考《かんが》えました。

「サイパンの次《つぎ》は沖縄《おきなわ》だ。」

日本政府《にほんせいふ》は、沖縄《おきなわ》のお年寄《としよ》り、子《こ》ども、女《おんな》の人《ひと》などを、九州《きゅうしゅう》や台湾《たいわん》に疎開《そかい》（人々《ひとびと》を分散《ぶんさん》して避難《ひなん》させる）させようとしました。

しかし、1944年《ねん》8月《がつ》、対馬丸《つしままる》という疎開船《そかいせん》が、アメリカ軍潜水艦《ぐんせんすいかん》の魚雷《ぎょらい》に沈《しず》められました。この船《ふね》には、学校《がっこう》まるごと疎開《そかい》したおおぜいの子《こ》どもたちが、修学旅行《しゅうがくりょこう》のような気分《きぶん》で笑顔《えがお》で乗《の》っていたのです。乗《の》っていたのは船員《せんいん》も含《ふく》めて約千八百人《やくせんはっぴゃくにん》。助《たす》かったのはごくわずかでした。

■空襲《くうしゅう》

1944年《ねん》、10月《がつ》10日《か》の朝《あさ》。「十《じゅう》・十空襲《じゅうくうしゅう》」と呼《よ》ばれる大《おお》きな空襲《くうしゅう》がありました。ハル姉《ねえ》ちゃんが病院《びょういん》の屋上《おくじょう》から見《み》た空襲《くうしゅう》です。

アメリカ軍《ぐん》の空母《くうぼ》（航空母艦《こうくうぼかん》。滑走路《かっそうろ》になる大《おお》きな甲板《かんぱん》があり飛行機《ひこうき》を飛《と》ばせる軍艦《ぐんかん》）から放《はな》たれた、のべ九百機《きゅうひゃくき》の戦闘機《せんとうき》が、沖縄《おきなわ》におそいかかりました。

特《とく》にひどかったのは那覇《なは》で、街《まち》の九割《きゅうわり》が焼《や》け、何百人《なんびゃくにん》もが亡《な》くなり、おおぜいの人《ひと》が家《いえ》をなくしました。

■沖縄戦《おきなわせん》のはじまり

1945年《ねん》3月《がつ》、硫黄島《いおうとう》の日本軍《にほんぐん》を全滅《ぜんめつ》させたアメリカ軍《ぐん》は、太平洋《たいへいよう》にある戦力《せんりょく》を、沖縄《おきなわ》に集《あつ》めました。

およそ千五百隻《せんごひゃくせき》の艦船《かんせん》と、そのほかの輸送船《ゆそうせん》。数千《すうせん》の爆撃機《ばくげきき》と何十万人《なんじゅうまんにん》もの兵《へい》が沖縄《おきなわ》におしよせたのです。

アメリカ軍《ぐん》は、3月《がつ》26日《にち》、沖縄《おきなわ》の南《みなみ》の慶良間諸島《けらましょとう》に上陸《じょうりく》し、それから沖縄本島《おきなわほんとう》に、地形《ちけい》が変《か》わるほどの激《はげ》しい艦砲射撃《かんぽうしゃげき》（軍艦《ぐんかん》から陸《りく》に大砲《たいほう》を撃《う》つこと）をして、4月《がつ》1日《にち》にはぞくぞくと上陸《じょうりく》して来《き》ました。これが「沖縄戦《おきなわせん》」のはじまりです。この艦砲射撃《かんぽうしゃげき》の爆弾《ばくだん》は、ヨキちゃんの村《むら》にも飛《と》んで来《き》ました。

日本軍《にほんぐん》は本土《ほんど》から神風特攻隊《かみかぜとっこうたい》などが来《き》て応戦《おうせん》しましたが、アメリカ軍《ぐん》を止《と》められませんでした。アメリカ軍《ぐん》は、上陸開始《じょうりくかいし》から二《に》か月後《げつご》の5月末《がつまつ》に、日本軍《にほんぐん》の司令部《しれいぶ》があった首里《しゅり》（いまの那覇《なは》の一部《いちぶ》）を占領《せんりょう》しました。

■増《ふ》え続《つづ》ける死者《ししゃ》

沖縄《おきなわ》の日本軍《にほんぐん》は逃《に》げながらも戦《たたか》い続《つづ》けましたが、そのあいだの艦砲射撃《かんぽうしゃげき》や戦闘《せんとう》で、日本兵《にほんへい》と沖縄《おきなわ》の住民《じゅうみん》がたくさん犠牲《ぎせい》になりました。

また、住民《じゅうみん》がかくれている防空壕《ぼうくうごう》やガマは、手榴弾《しゅりゅうだん》が投《な》げ込《こ》まれ、火炎放射器《かえんほうしゃき》で焼《や》かれました。

ヨキちゃんたちが燃《も》えるサトウキビ畑《ばたけ》を逃《に》げまどって、コウ兄《にい》ちゃんが手榴弾《しゅりゅうだん》でやられたのも、トミ姉《ねえ》ちゃんとその家族《かぞく》が殺《ころ》されたのも、そのころのことです。

そのトミ姉《ねえ》ちゃんの声《こえ》が聞《き》こえた真壁村《まかべそん》も、激戦地《げきせんち》に近《ちか》く、村人《むらびと》の半分《はんぶん》が殺《ころ》されてしまいました。

日本軍《にほんぐん》は攻《せ》めたてられて逃《に》げてゆきました。ガマのなかに作《つく》られていた病院《びょういん》では、ケガや病気《びょうき》で動《うご》けない兵隊《へいたい》が、おきざりにされて死《し》にました。

6月《がつ》23日《にち》、逃《に》げ場《ば》がなくなった日本軍《にほんぐん》は、とうとう司令官《しれいかん》が自決《じけつ》（自殺《じさつ》）してしまいました。いちばんえらい人《ひと》がいなくなって、軍隊《ぐんたい》はばらばらになりました。

しかし、それでも戦闘《せんとう》は終《お》わりませんでした。生《い》き残《のこ》った日本兵《にほんへい》が戦《たたか》い続《つづ》けたのです。「捕虜《ほりょ》になるのはいけないことだ。死《し》ぬまで戦《たたか》いなさい」と教《おし》えられていたためです。民間人《みんかんじん》をまきこんで集団《しゅうだん》で自決《じけつ》（自殺《じさつ》）をした例《れい》や、追《お》いつめられて人間《にんげん》らしい心《こころ》を失《うしな》った日本兵《にほんへい》が、民間人《みんかんじん》を殺《ころ》したり、食《た》べ物《もの》をうばったりした例《れい》があるといわれています。

沖縄《おきなわ》は、死体《したい》だらけになりました。地獄《じごく》の日々《ひび》が続《つづ》きました。

■終戦《しゅうせん》

8月《がつ》15日《にち》、ラジオで昭和天皇《しょうわてんのう》みずからが、戦争《せんそう》が終《お》わったことを、日本中《にほんじゅう》に知《し》らせました（玉音放送《ぎょくおんほうそう》といいます）。

しかし、沖縄《おきなわ》では、ラジオを持《も》っている人《ひと》が少《すく》なく、まして、山《やま》のなかやガマにかくれている人《ひと》たちには、戦争《せんそう》が終《お》わったということが、ぜんぜん伝《つた》わりませんでした。

ヨキちゃんたちのように、終戦《しゅうせん》を知《し》らずに、穴《あな》ぐらにかくれて、モグラのような暮《く》らしを続《つづ》けた人《ひと》がたくさんいました。

アメリカ軍《ぐん》は、食《た》べ物《もの》を置《お》いていくなどして、こわがる住民《じゅうみん》に少《すこ》しずつ近《ちか》づき、日本語《にほんご》で「センソウハ、オワリマシタ」と告《つ》げてまわったのです。

■捕虜収容所《ほりょしゅうようじょ》

生《い》き残《のこ》った人《ひと》たちは、テント村《むら》などの捕虜収容所《ほりょしゅうようじょ》に集《あつ》められました。テント村《むら》では、見《み》知《し》らぬ人《ひと》どうしが生活《せいかつ》し、イモ掘《ほ》り、荷物運《にもつはこ》び、死体《したい》の埋葬《まいそう》などの作業《さぎょう》をしながら、乾《かん》パンなどの食《た》べ物《もの》をもらいました。

ヨキちゃんは子《こ》どもだったので、学校《がっこう》に行《い》けるだけで大《おお》はしゃぎでしたが、大人《おとな》たちはたいへんでした。

肉親《にくしん》をなくした悲《かな》しみや、行方《ゆくえ》のわからない家族《かぞく》の心配《しんぱい》。そして、先祖代々《せんぞだいだい》の土地《とち》からはなれ、この先《さき》どうなるかわからない心細《こころぼそ》さ。食料不足《しょくりょうぶそく》。不安《ふあん》とさみしさをまぎらわすために、あき缶《かん》で三味線《しゃみせん》を作《つく》った人《ひと》がいて、収容所暮《しゅうようじょぐ》らしのなかで生《う》まれた歌《うた》もあるそうです。

マラリアの大流行《だいりゅうこう》も人々《ひとびと》を苦《くる》しめました。マラリアは、ハマダラカという蚊《か》によって感《かん》染《せん》する、熱帯《ねったい》・亜熱帯地方《あねったいちほう》の病気《びょうき》です。死《し》にいたることもあります。本文《ほんぶん》にはありませんが、ヨキちゃんもマラリアにかかりました。

■村《むら》に戻《もど》った人々《ひとびと》

収容所《しゅうようじょ》を出《で》てもとの村《むら》に帰《かえ》ることがゆるされた人々《ひとびと》は、家《いえ》も畑《はたけ》もなくなり、そこかしこ、なきがらがそのままになっている光景《こうけい》を目《め》にしました。ヨキちゃんの一家《いっか》は七人《しちにん》が生《い》きのびましたが、それは奇跡《きせき》でした。村《むら》は半分《はんぶん》ほどの人《ひと》が亡《な》くなっていたのでした。
ヨキちゃんの一家《いっか》が南《みなみ》に逃《に》げたころ、ある一家《いっか》は、家族《かぞく》の半分《はんぶん》が北《きた》に避難《ひなん》しました。一族《いちぞく》が絶《た》えてしまわないように、と考《かんが》えて、家族《かぞく》を半分《はんぶん》に分《わ》けたのです。この家族《かぞく》には、ヨキちゃんと同《おな》い年《どし》の亀吉《かめきち》くんと、四歳《よんさい》の弟《おとうと》がいました（ヨキちゃんはのちに、亀吉《かめきち》くんと結婚《けっこん》するんです）。

亀吉《かめきち》くんはお母《かあ》さんたちと北《きた》に避難《ひなん》し、四歳《よんさい》の弟《おとうと》が、おじいちゃん、おばあちゃんたちと村《むら》に残《のこ》りました。

戦争《せんそう》が終《お》わって、亀吉《かめきち》くんたちが村《むら》に戻《もど》ってみると、家《いえ》はふきとび、だれひとり生《い》き残《のこ》っていませんでした。四歳《よんさい》だった弟《おとうと》がどこでどんなふうに短《みじか》い命《いのち》を終《お》えたのか、だれも見《み》た人《ひと》はいませんでした。

ヨキちゃんがいっていたように、生《い》きて村《むら》に帰《かえ》った人々《ひとびと》は、ほったて小屋《ごや》を作《つく》り、爆弾《ばくだん》の穴《あな》と雑草《ざっそう》でめちゃくちゃになった畑《はたけ》を耕《たがや》しなおしました。食《た》べ物《もの》の配給《はいきゅう》や、野菜《やさい》の種《たね》の配給《はいきゅう》もはじまりました。

しかし、働《はたら》き手《て》を多《おお》くなくした家《いえ》では、心《こころ》の痛《いた》みだけでなく、とりあえず住《す》むための小屋《こや》をたてることさえできません。両親《りょうしん》をなくした子《こ》どもたちもいました。村《むら》の人《ひと》たちは助《たす》け合《あ》って、少《すこ》しずつ暮《く》らしを立《た》て直《なお》していったのです。

■奪《うば》われた土地《とち》

自分《じぶん》の土地《とち》に帰《かえ》ることができたヨキちゃんたちは、実《じつ》は幸運《こううん》だったのです。アメリカ軍《ぐん》の基地《きち》や飛行場《ひこうじょう》に使《つか》うからといって、土地《とち》を奪《うば》われた場所《ばしょ》もありました。

そこに住《す》んでいた人《ひと》たちが、収容所《しゅうようじょ》から自分《じぶん》の村《むら》に戻《もど》って見《み》たものは、「立《た》ち入《い》り禁止《きんし》」という札《ふだ》でした。

そういう人《ひと》たちは、割《わ》り当《あ》てられて、他人《たにん》の土地《とち》にむりやりひっこしさせられました。沖《おき》縄《なわ》ではみんな、ヨキちゃんたちのように、先祖代々《せんぞだいだい》の土地《とち》をだいじに守《まも》り続《つづ》けてきたので、土地《とち》を取《と》りあげられるのは、からだをもぎ取《と》られるようにつらく、くやしいことでした。

それだけでなく、戦後《せんご》も、アメリカ軍《ぐん》は土地《とち》を奪《うば》いました。アメリカ軍《ぐん》に奪《うば》われた土地《とち》は、沖縄本島《おきなわほんとう》の四分《よんぶん》の一近《いちちか》くです。戦争《せんそう》が終《お》わってせっかく畑《はたけ》をもとどおりにし、大切《たいせつ》に育《そだ》てた作物《さくもつ》は、ブルドーザーでなぎ倒《たお》され、畑《はたけ》はコンクリートでおおわれてしまいました。

■戸籍《こせき》を作《つく》りなおす

たくさんの問題《もんだい》をかかえながらも、人々《ひとびと》は沖縄《おきなわ》の復興《ふっこう》（立《た》て直《なお》し）に取《と》り組《く》みました。

ヨキちゃんが結婚《けっこん》した亀吉《かめきち》くんのお父《とう》さんは、亀八《かめはち》という人《ひと》でした。

八重山《やえやま》で終戦《しゅうせん》を迎《むか》えた亀八《かめはち》さんは、沖縄戦《おきなわせん》で生《い》き残《のこ》った自分《じぶん》たちのことを「カンポーヌ、クェーヌクサー（艦砲《かんぽう》の食《く》い残《のこ》し）」と呼《よ》びました。そして、戦争《せんそう》のあとしまつは、生《い》き残《のこ》った者《もの》がしなくてはならない仕事《しごと》だといって、村《むら》の有志《ゆうし》の人《ひと》たちと協力《きょうりょく》し合《あ》い、全力《ぜんりょく》で取《と》り組《く》みました。

亀八《かめはち》さんたちが取《と》り組《く》んだことのひとつが、戸籍《こせき》（国民《こくみん》としての登録《とうろく》）と、地籍《ちせき》（土地《とち》の所有者《しょゆうしゃ》、面積《めんせき》、所在地《しょざいち》などの記録《きろく》）を調《しら》べてきちんとすることでした。

戦争《せんそう》のために、戸籍《こせき》や地籍《ちせき》がわからなくなってしまったからです。戸籍《こせき》がなかったら、だれがここに生《い》き、だれが亡《な》くなったのかもわかりません。また、地籍《ちせき》がなかったら、どの土《と》地《ち》がだれのものなのかがわかりません。

戦争《せんそう》のあとしまつとして、亡《な》くなった人《ひと》たちのあとをきちんと引《ひ》き継《つ》ぐためにも、亡《な》くなった人《ひと》も含《ふく》めて、戸籍《こせき》や地籍《ちせき》をきちんとする必要があります。

四歳《よんさい》で亡《な》くなった亀吉《かめきち》くんの弟《おうと》も、戸籍《こせき》がありませんでした。戦争中《せんそうちゅう》に生《う》まれた子《こ》どもは、役所《やくしょ》に届《とど》け出《で》をしていませんでした。亡《な》くなった人《ひと》の戸籍《こせき》は、何人《なんにん》かの人《ひと》から、確《たし》かにだれだれさんという人《ひと》がいた、と証明《しょうめい》してもらって作《つく》りました。

土地《とち》は測量《そくりょう》をする必要《ひつよう》がありましたが、長《なが》さを測《はか》るにも巻《ま》き尺《じゃく》などの道具《どうぐ》がないので、電《でん》話線《わせん》を巻《ま》き尺《じゃく》のかわりに使《つか》ったそうです。

■おそろしい不発弾《ふはつだん》

せっかく戦争《せんそう》を生《い》きのびたのに、不発弾《ふはつだん》で命《いのち》を落《お》とす例《れい》がたくさんありました。亀吉《かめきち》くんの親戚《しんせき》の人《ひと》は、戦後《せんご》まもないころ、荒《あ》れた畑《はたけ》にクワを入《い》れたとたん、不発弾《ふはつだん》が爆発《ばくはつ》し、三十歳《さんじっさい》の働《はたら》きざかりで亡《な》くなったそうです。

また、近《ちか》くの村《むら》では、たきぎに不発弾《ふはつだん》がまじっていたためたき火《び》が爆発《ばくはつ》し、四人《よにん》も亡《な》くなりました。遠《とお》い戦地《せんち》で捕虜《ほりょ》になっていた人《ひと》が帰《かえ》ってきたので、お祝《いわ》いにヤギを焼《や》いている〔「命《ヌチ》の薬《グスージ》」という〕ときのことでした。

おそろしい不発弾《ふはつだん》は、戦争《せんそう》が終《お》わって六十五年《ろくじゅうごねん》もたったいまになっても、土《つち》のなかにひそんでいて、ときどき爆発《ばくはつ》する事故《じこ》があるのです。

■霊《れい》をなぐさめ、後世《こうせい》に伝《つた》える

沖縄戦《おきなわせん》で亡《な》くなった人は二十万人《にじゅうまんにん》以上《いじょう》でした。戦争《せんそう》が終《お》わったあとには、そのなきがらがそのままになって残《のこ》されていました。

収容所《しゅうようじょ》から村《むら》に戻《もど》った人《ひと》たちは、まず遺骨《いこつ》を集《あつ》めて葬《ほうむ》りましたが、その後《ご》も、遺骨《いこつ》が発見《はっけん》され続《つづ》け、各地《かくち》に納骨堂《のうこつどう》を建《た》てて遺骨《いこつ》を納《おさ》めました。

現在《げんざい》の沖縄《おきなわ》には慰霊碑《いれいひ》や資料館《しりょうかん》、戦跡《せんせき》（戦争《せんそう》の遺跡《いせき》）などがたくさんあります。最大《さいだい》の激戦地《げきせんち》だった糸満市摩文仁地区《いとまんしまぶにちく》には、沖縄平和祈念公園《おきなわへいわきねんこうえん》が造《つく》られました。そこには、戦争《せんそう》で亡《な》くなったすべての人《ひと》の名前《なまえ》がびっしりきざまれた、「平和《へいわ》の礎《いしじ》」という、おびただしい石碑群《せきひぐん》が並《なら》んでいます。

それらは、沖縄《おきなわ》が多《おお》くの犠牲《ぎせい》をはらって体験《たいけん》したおそろしい戦争《せんそう》を、ふたたびくりかえすことがないように、後世《こうせい》に伝《つた》えているのです。

■いい世《よ》の中《なか》とは？

沖縄《おきなわ》は、戦争《せんそう》が終《お》わった1945年《ねん》から二十七年間《にじゅうしちねんかん》、アメリカに占領《せんりょう》され、1972年《ねん》に日本《にほん》に返《かえ》されました。

しかし、それから三十八年《さんじゅうはちねん》たっていまなお沖縄《おきなわ》には、アメリカ軍《ぐん》の基地《きち》があり、ほかにも、解決《かいけつ》していない問題《もんだい》が、いくつも残《のこ》っています。あの戦争《せんそう》は終《お》わりましたが、あとしまつはまだ終《お》わっていません。

「イクサが終《お》わいね、いい世《よ》の中《なか》にないさー。」

ヨキの母《かあ》ちゃんはいいました。

太平洋戦争《たいへいようせんそう》が終《お》わり、沖縄《おきなわ》の人々《ひとびと》も、日本本土《にほんほんど》の人《ひと》たちも、戦争《せんそう》から立《た》ち直《なお》って、現在《げんざい》の世《よ》の中《なか》をつくってきました。

日本《にほん》はいま、外国《がいこく》と戦争《せんそう》していません。けれども、世界《せかい》には戦争《せんそう》をしている地域《ちいき》があります。

私《わたし》たちのいまは、もう「いい世《よ》の中《なか》」になっていますか。

日本《にほん》ではいま、爆弾《ばくだん》で死《し》ぬことはなく、ほとんどの人《ひと》が、食《た》べ物《もの》に困《こま》らない暮《く》らしをしています。

では、私《わたし》たちのいまの日本《にほん》は、「いい世《よ》の中《なか》」ですか。

生《い》きるということは、「いい世《よ》の中《なか》」をめざすことかもしれません。

あなたにとって「いい世《よ》の中《なか》」とは、どんな世《よ》の中《なか》ですか。

ふたつの時代を〝子ども〟で生きて

高柳　杉子

〝海なし村《そん》〟の穏やかな暮らし

過酷《かこく》な沖縄戦を家族とともに生き抜いた私の母ヨキは、同級生だった父と結婚し、私はあの激しい戦いから二十年目を数えた昭和四十年一月に、夫婦の三番目の子どもとして生を受けました。

沖縄というと最初にみなさんは何を思い浮かべますか？　「青い海」「青い空」？　この本を読んだ後では、「戦争」やいまも残る「米軍基地」をイメージする人もいるかもしれませんんね。

私の生まれた東風平村《こちんだそん》は沖縄本島の南部地区のほぼ中心にあり、たしかに青い空は独り占め《ひとりじ》（？）できましたが、村に海に面した土地はなく、沖縄ではめずらしい〝海なし村〟といわれていました。

南部地区は沖縄戦最後の激戦地《げきせんち》で、東風平村には村民の半分以上が戦闘の犠牲になったという重い歴史があります。

私の幼いころも時おり畑から錆《さ》びた機関銃の弾丸が掘り出され、かつてこの土地で激しい戦いがあったことを日ごろから感じてはいましたが、おじーやおばー、近所の年配の方から聞く沖縄戦の話はのんびりとした沖縄独特の口調のせいか、遥《はる》か遠い日の昔話みたいに思うことも多かったように記憶しています。

もっとも当時、沖縄はすでにアメリカとベトナム、ふたつの国の大きな戦争に巻き込まれ、嘉手納《かでな》基地からは爆撃機がどんどん飛び立っている状況でしたので、県内は緊張し落ち着かない雰囲気だったとは思います。それでも私がさとうきび畑に囲まれ、安心して幼年期を過ごすことができた理由は、ひとえに私の生まれ育った村周辺に米軍基地がなかったからなのだと私は後になってそう思い知ります。

十円玉で駄菓子《だがし》を買った日

昭和四十七年、私が小学二年生のとき、沖縄は、多くの県民の悲願だった本土復帰を果たします。『本土復帰』『沖縄返還』とは、一時アメリカの国の一部になっていた沖縄県が、またふたたび日本の国の一員になったことをいいます。

それに伴って、通貨がドルから円に代わったことも大きな変化でした。私たち子どもは、いままで使っていた一セントや五セントではなく、十円玉を握りしめて、駄菓子を買いに行きました。

大人にとって本土復帰による身近な一番うれしいことといえば、本土にパスポートなしで行けるということだったのかもしれません。

「パスポート取らんでも、これで本土に行ける、よかったさあ」

「高校生も、甲子園にパスポートなしでも行けるねぇ」

すでにたくさんの沖縄の若者が、パスポートを携《たずさ》えて海を渡っていましたが、親子や親戚に急用があっても、気軽に行き来ができませんでした。本土復帰で、会いたい人にパスポートなしで会いに行けるようになったのは大きな喜びでした。

それから、昭和五十三年七月三十日《ななさんまる》、午前六時、交通方法が変更されました。これまでのアメリカ式の「車は右側通行、人は左側通行」から、沖縄県も他の都道府県と同じく、「車は左、人は右」になったのです。

私の父は、当時、沖縄でタクシー会社を経営していました。「730《ななさんまる》」の当日は何が起こるのかわからないので、早めに会社に出勤し、緊張して待機していたといいます。

「歩道橋の上は見物人でいっぱいだよ」

「各都道府県の警察が沖縄に駆《か》り出されたらしいよ」

「おばーが那覇《なは》に行こうとしてバスに乗ったら、『逆方向に連れていかれた』って怒っていたよ」

車の流れが逆になったので、当然、バス停の位置も逆になっていたのです。

沖縄戦にタイムスリップ

大学浪人した夏の終わり、私たちは友人四人で海岸線をひた走っていました。カーオーディオからは、ドライブにはうってつけのゴキゲンなアメリカンポップスが流れていました。

その日は晴天でした。対向車も途絶《とだ》え人通りもない寂しい集落の海岸線を車は走ります。クリーム色に輝くなだらかな砂浜には、澄んだ波が打ち寄せ、遠浅《とおあさ》の海は深いエメラルドグリーンと紺碧《こんぺき》が交互に層をなして、スカイブルーの空に近づいていました。

ひとしきり恋の話に花を咲かせたところで、誰《だれ》かが妙《みょう》に間延《まの》びした声をあげました。

「あれ、何?」

大きな雲に太陽がすっぽりと覆《おお》われ辺《あた》りは翳《かげ》っていましたが、美しい遠浅の海岸には不釣《ふつ》り合《あ》いな、黒っぽい乗り物が水しぶきをあげていました。

よく見るとその乗り物を取り囲みながら、十人ほどの迷彩服《めいさいふく》の男たちが、沖《おき》のほうからこちらへと向かってきます。

キャタピラが見え始め、それが水陸両用戦車だと気がつきました。

息を呑《の》みました。

それはまるで、約四十年も昔、沖縄本島に最初に上陸してきた海兵隊の亡霊《ぼうれい》みたいでした。それとも、あの時代にタイムスリップしたのでしょうか。

「早く、早く！」

みんなは声を上げ、座席やダッシュボードを叩《たた》きます。とにかく、一刻も早く、ここから逃げ出さなければと思いました。

「自分がいまも戦場にいるのだ」と、強く実感したのはこれが初めてでした。米軍施設の隣接しないのんびりとした村で生まれ育った私は、〝戦争〟を、おじーやおばー、父や母の昔話、活字のなかのあくまでも「過去」としか捉《とら》えていなかったのかもしれません。

怖《こわ》かったね、怖かったね。

そう口々に言い合う私たちからは、さっきまでのハジけた雰囲気がすっかり影を潜《ひそ》めていました。

私たちは戦場にいる

私たちが見たのは、アメリカ軍の上陸演習だったのですが、その後、私は一枚の報道写真に出会います。報道写真誌『DAYS　JAPAN』（二〇〇七年四月号）。その月のDAYSでは世界報道写真展2007に入賞した作品の数々が発表されていました。

その写真のなかの一枚に、目が釘付《くぎづ》けになりました。

「私たちみたい……」

それはいまも戦いのさなかにある中東の国レバノンとイスラエルの戦闘から一夜が明けた光景。イスラエルの激しい爆撃を受け、まだ硝煙《しょうえん》のあがる瓦礫《がれき》だらけのベイルートの街を、車体が鏡面《きょうめん》になった真っ赤なオープンカーが通りすぎていく写真です。

乗っているのは白いTシャツや黒いタンクトップで、メリハリの利《き》いた肢体《したい》を惜しげもなくさらすサングラスの若者たち。まるで巨大テーマパークのオープンセットさながらに、観光客のように周囲を見渡し街の様子をケータイに収める彼らの現実感の乏《とぼ》しい佇《たたず》まいと、死傷者一万人以上、負傷者三千五百人、難民は百万人も出した戦いのギャップ。

その写真は、上陸演習のそばを通ったあの日の私たちにそっくりだったのです。

アメリカ世《ゆー》とやまと世《ゆー》の二つを生きて

私たちの世代はアメリカ世《ゆー》とやまと世《ゆー》の二つの時代を子どもとして生きました。

私が中・高校の多感な時期を過ごした当時の沖縄は復帰を果たしたことで、太平洋戦争最後の激戦地・沖縄というイメージから異国情緒あふれる南国のリゾート地として日本国内ではしだいに市民権を得てきていました。

にもかかわらず、相変わらず『反戦平和』『基地反対』のシュプレヒコールを上げる大人たちの姿は若い世代には時代遅れに見え、未来よりも過去にとらわれすぎているようで私たちは息苦しささえ感じていました。

また沖縄戦を涙なくしては語れない悲しい過去の物語として扱う本土のテレビや新聞などの報道には作り物めいた薄っぺらな感じがし、太平洋戦争で島民に犠牲を強いたことに負い目を感じる本土の良心的な人の温かい言葉は居心地《いごこち》の悪さを覚えました。

でも勝手なもので、その一方では本土側から向けられる『被害者意識からの脱却を』『自助努力を』と厄介《やっかい》ものを見るような眼差《まなざ》しには、腹立たしいような情けないような気持ちが募《つの》りイライラを増幅させました。これらは螺旋《らせん》のように頭のなかで幾重《いくえ》もの交わることのない円を描くだけで、決して果てることはありませんでした。

こんな状態から、私はいつも抜け出したいと思っていました。そして、大学進学のため沖縄を出ました。

全国各地から人が集まってくる大学では、沖縄とはまったく違う文化を持った先生や友人に恵まれ、目が見開かれる思いがしました。

伴侶《はんりょ》となる人ともそこで出会い、私は彼という、私にはない土壌を持つ人の視点を合わせ鏡にすることで、外から日本という国を、自分の故郷を、逃げないで再び見てみたい、向き合いたいと思うようになりました。

「沖縄はまだ戦場だ」という思いは年々募《つの》る一方です。自由民主党から民主党へと政権が移りましたが、普天間《ふてんま》基地を県外へ移設するという約束は破られ、ジュゴンの生息地として世界的に名高い辺野《への》古《こ》の沖合《おきあい》へと決定されてしまいました。

私の母ヨキが六歳の時に体験した沖縄戦からもうじき六十五年あまり。私が小学二年生で沖縄が本土に復帰し三十八年を経《へ》ようとしています。その間、沖縄は確実に豊かになりましたが、「米軍」「基地問題」などは母の青春時代、私が幼かったころとなんら変わっていません。

思いがけず私は重い病を得ました。そして病とともに歳《とし》を重ねるうちに、私に伝えるべきものがあるとしたなら、それを、未来を担《にな》う子どもたちに伝えなければと思うようになりました。かつて、おじーやおばーが私たちに語ってくれたように。

そこで今回、母ヨキの幼いころの記憶をもとに、沖縄戦を振り返りました。

なぜいままでも、連日〝沖縄〟をメディアが報道しているのか、みなさんも歴史をひも解《と》いて考えてみてください。

まずは知り、しっかりと考えること。これはシンプルだけれど、とても重要なことです。私は四十四年間生きてきましたが、それによって得た経験則はそれに尽《つ》きます。そこから、新しい未来は始まります。

■本書の刊行について

『あけもどろの空——ちびっこヨキの沖縄戦』刊行発起人
高柳美知子

本書は、恐ろしい戦争に耐えて生きのびる家族の、やさしさに満ちた物語です。内容は、著者の母ヨキさんの六歳当時の記憶を忠実になぞっており、悲しみも喜びも、少女のあどけない心にきざまれたそのままを描いています。

タイトルの「あけもどろ」とは、太陽が東の空を染め始める空をあらわす沖縄の言葉で、太古から地上の命をはげまし続けてきたその荘厳な光景は、本書のテーマにふさわしいものです。

著者・高柳杉子は、一九六五年、沖縄で生まれました。沖縄戦を六歳で体験した両親を持ち、中学校の教員を務めたこともあり、沖縄戦を子どもたちに伝えることに熱意を持って、本書を準備していました。しかし、こころざし半ばにして病に倒れ、二〇〇九年八月、帰らぬ人となりました。本書は、そのこころざしを親族と友人で引き継いで完成したものです。

出版にあたっては、子どもの未来社の伊藤琢二さんに貴重なご助言をいただくなど、大変お世話になりました。この本に関わったすべての方に感謝申しあげます。

二〇一〇年十月

沖縄《おきなわ》の位置《いち》

中国《ちゅうごく》
日《に》本《ほん》海《かい》
韓国《かんこく》
東《ひがし》シナ海《かい》
日《に》本《ほん》列《れっ》島《とう》
太《たい》平《へい》洋《よう》
九州《きゅうしゅう》
悪石島《あくせきじま》
慶良間諸島《けらましょとう》
奄美大島《あまみおおしま》
与那国島《よなぐにじま》
石垣島《いしがきじま》
沖縄島《おきなわとう》
南大東島《みなみだいとうじま》
硫黄島《いおうとう》
宮古島《みやこじま》
西表島《いりおもてじま》
台湾《たいわん》
フィリピン
サイパン

付・沖縄戦関連地図　沖縄の位置／アメリカ軍の進撃ライン

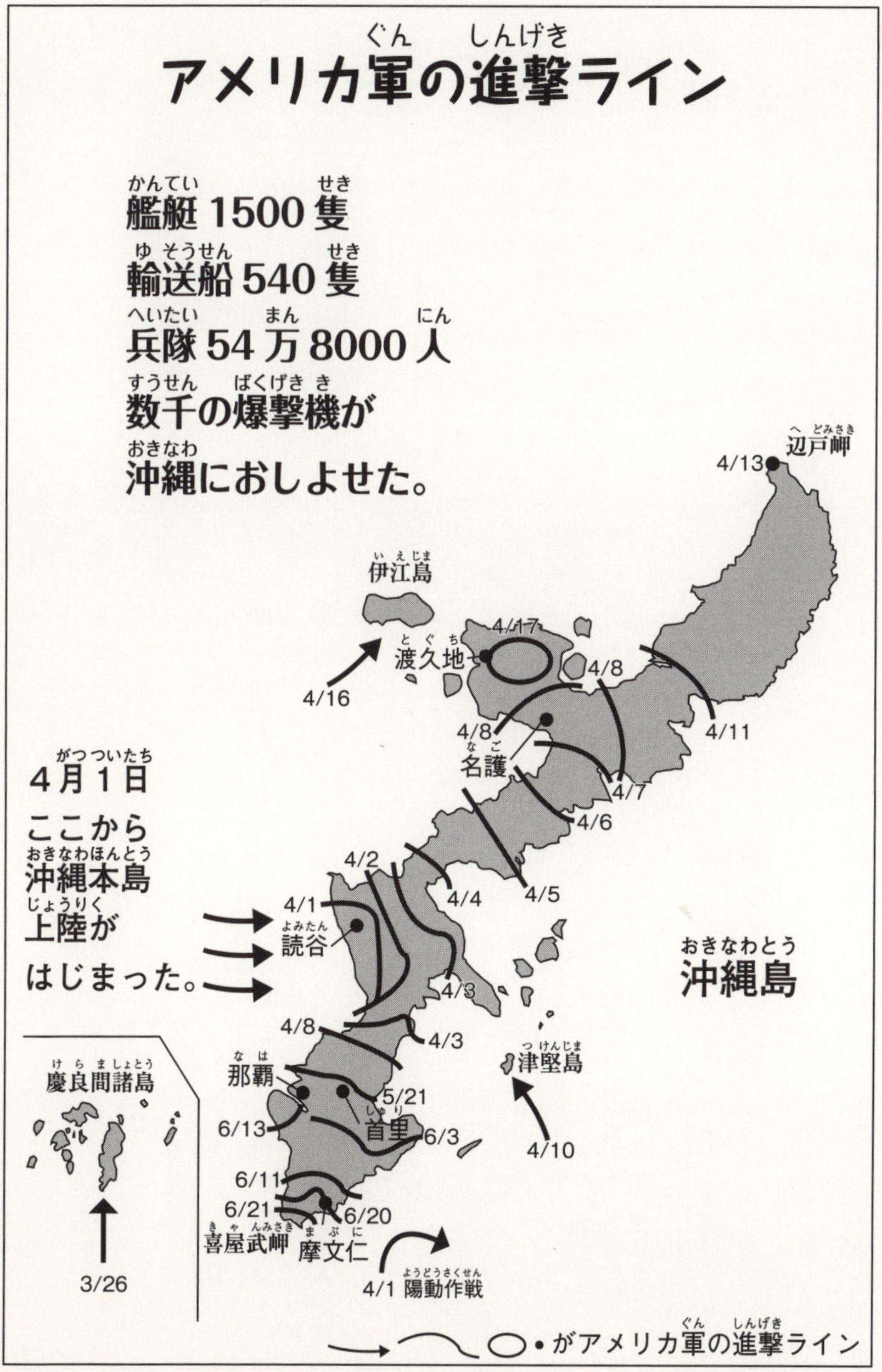

ヨキたちはここにいた

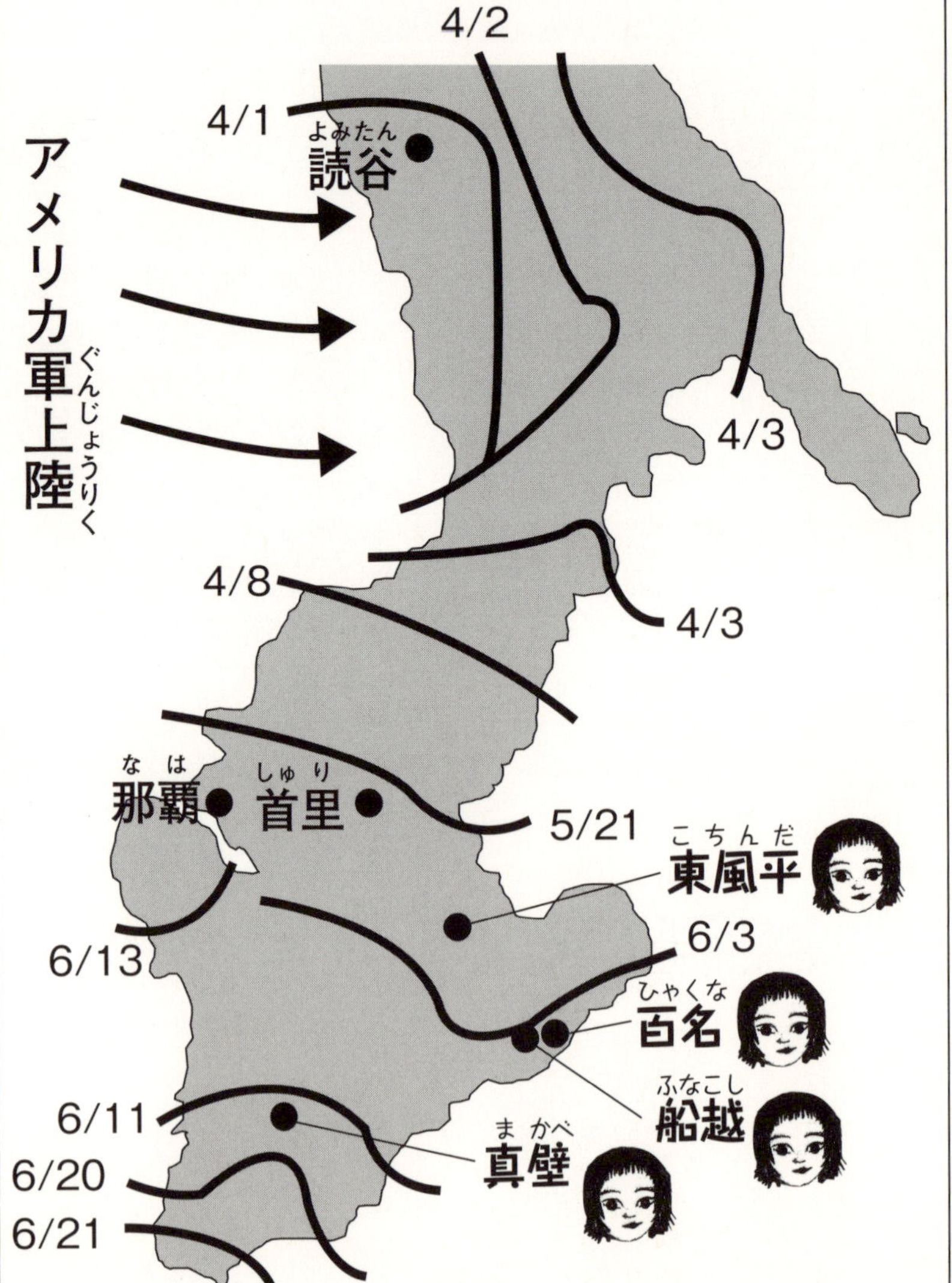

4/2
4/1
読谷《よみたん》
アメリカ軍《ぐん》上陸《じょうりく》
4/3
4/8
4/3
那覇《なは》
首里《しゅり》
5/21
東風平《こちんだ》
6/3
6/13
百名《ひゃくな》
船越《ふなこし》
6/11
真壁《まかべ》
6/20
6/21
はアメリカ軍《ぐん》の進撃《しんげき》ライン

■著者プロフィール■

高柳杉子（たかやなぎ・すぎこ）

1965（昭和40）年、本土返還前の沖縄に生まれる。立正大学文学部文学科卒。大学卒業後、故郷の沖縄で国語教師として6年間勤務の後、結婚のため北海道へ渡る。2009（平成21）年、8月、がんのため死去。享年44。

故郷東風平村《こちんだそん》は、沖縄戦で、村民の半数以上の犠牲者を出した南部有数の激戦地で、杉子の祖父、父、母も同村出身。祖父は「生き残った者の努め」として、村の人々とともに戦争で散逸した戸籍の回復に尽力。杉子も、平和教育活動に参加するなど、社会的弱者に心を寄せ、世の中の不条理に憤る、凛とした芯の強い人だった。

■略年譜

1965年　沖縄県島尻郡東風平村字小城（現・八重瀬町）に生まれる。
1971年　東風平村立東風平小学校入学。中学校も同村。
1980年　県立糸満高等学校普通科入学。
1984年　立正大学文学部文学科入学。
1988年　沖縄県大里村立大里中学校の国語教師となり93年まで6年間勤務。
1993年　乳がんのうたがい。
1994年　高柳詩織氏と結婚。北海道へ。乳がんの診断確定。手術。
1996年　北海道北広島市で朗読ボランティア「ひびき」の設立に携わる。
1999年　がんの再発。
2005年　フォトジャーナリズム月刊誌『DAYS　JAPAN』（株式会社デイズジャパン刊）札幌サポーターとして、夫とともに同誌の支援活動開始。
2009年　8月、がんのため死去。享年44。

■刊行：『あけもどろの空――ちびっこヨキの沖縄戦』刊行会
■発起人：高柳美知子
■協力：仲座亀吉・仲座ヨキ・荒木美由樹・高柳蕗子
■カバー・本文イラスト：高柳年雄

■編集・DTP／伊藤琢二　■装丁／シマダチカコ

あけもどろの空――ちびっこヨキの沖縄戦

2010年11月19日　第1刷発行
2011年7月24日　第2刷発行

著　者　高柳杉子
発行者　奥川　隆
発行所　子どもの未来社
〒102-0071　東京都千代田区富士見2-3-2　福山ビル202
電話03（3511）7433　FAX 03（3511）7434
振替00150-1-553485
E-mail：co-mirai@f8.dion.ne.jp
http://www.ab.auone-net.jp/~co-mirai

印刷・製本　株式会社シナノ

ISBN978-4-86412-011-1　C8093